My Man Sandy

J. B. Salmond

MY MAN SANDY

By J.B. Salmond

Published by Sands & Co
Edinburgh: 37 George Street.

2/-
net.

Cover Art — Sandy

MY MAN SANDY

BY

J. B. SALMOND

SIXTH EDITION

SANDS & CO.

EDINBURGH: 37 GEORGE STREET

LONDON: 15 KING STREET, COVENT GARDEN

1919

PREFACE.

These sketches are taken from a series written originally for newspaper purposes. Revision of them has made their author keenly conscious of their defects; but Bawbie and Sandy are characters who might be completely spoiled by improvement. The sketches are therefore presented as they were hastily "rubbed-in" for serial publication.

The "foo, " "far, " "fat, " and "fan" of the Angus dialect have been changed into the more classic "hoo, " "whaur, " &c. ; otherwise the sketches remain in the form in which they have gained quite an unexpected popularity amongst Scottish readers both at home and abroad.

ARBROATH, N.B.,
April, 1889.

CONTENTS.

I.   SANDY SWAPS HIS POWNEY

II.   SANDY STARTS TO STUDY GEOMETRY

III.   SANDY AND THE DINNER BELL

IV.   A TALK ABOUT HEAVEN

V.   MISTRESS MIKAVER'S TEA PARTY

VI.   SANDY'S SECOND LESSON IN GEOMETRY

VII.   SANDY'S MAGIC LANTERN EXHIBITION

VIII.   SANDY AND THE RHUBARB TART

IX.   THE GREAT STORM OF NOVEMBER, 1893

X.   SANDY AND HIS FAIRNTICKLES

XI.   SANDY STANDS "EMPIRE" AT A CRICKET MATCH

XII.   A DREADFUL DISASTER IN THE GARRET

XIII.   SANDY AND BAWBIE'S SPRING HOLIDAY

XIV.   LOVE AND WAR

XV.   SANDY MAKES A SPEECH

XVI.   SANDY'S CHRISTMAS PRESENT

XVII.   AT THE SELECT CHOIR'S CONCERT

XVIII.   SANDY RUNS A RACE

XIX.   SANDY REVENGED

XX.   SANDY'S APOLOGIA

My Man Sandy

I

SANDY SWAPS HIS POWNEY.

He's a queer cratur, my man Sandy! He's made, mind an' body o' him, on an original plan a'thegither. He says an' does a' mortal thing on a system o' his ain; Gairner Winton often says that if Sandy had been in the market-gardenin' line, he wudda grown his cabbage wi' the stocks aneth the ground, juist to lat them get the fresh air aboot their ruits. It's juist his wey, you see. I wudna winder to see him some day wi' Donal' yokit i' the tattie-cairt wi' his heid ower the fore-end o't, an' the hurdles o' him whaur his heid shud be. I've heard Sandy say that he had an idea that a horse cud shuve far better than poo; an' when Sandy ance gets an idea intil his heid, there's some beast or body has to suffer for't afore he gets redd o't. If there's a crank wey o' doin' onything Sandy will find it oot. For years he reg'larly flang the stable key ower the gate efter he'd brocht oot Donal' an' the cairt. When he landit hame again, he climbed the gate for the key, an' syne climbed ower again an' opened it frae the ootside. He michta carried the key in his pooch; but onybody cudda dune that! But, as I was sayin', it's juist his wey.

"It's juist the shape original sin's ta'en in Sandy's case, " the Gairner said when the Smith an' him were discussin' the subject.

"I dinna ken aboot the sin; but it's original eneuch, there's nae doot aboot that, " said the Smith.

There's naebody kens that better than me, for I've haen the teuch end o' forty year o't. But, still an' on, he's my ain man, the only ane ever I had, an' I'll stick up for him, an' till him, while the lamp holds on to burn, as the Psalmist says.

* * * * * *

"See if I can say my geog, Bawbie, " said Nathan to me the ither forenicht, as I was stanin' in the shop. He'd been sittin' ben the hoose wi' his book croonin' awa' till himsel' aboot Rooshya bein' boundit on the north by the White Sea, an' on the sooth by the Black Sea, an' some ither wey by the Tooral-ooral mountains or something, an' he cam' ben an' handed me his geog, as he ca'd it, to see if he had a' this palaver on his tongue.

1

I've often windered what was the use o' Nathan wirryin' ower thae oot-o'-the-wey places that he wud never be within a thoosand mile o'. He kens a' the oots an' ins o' Valiparaiso, but michty little aboot Bowriefauld. Hooever, I suppose the dominie kens best.

Nathan was juist busy pointin' oot the place to me in his book when there was a terriple rattlin' oot on the street, an' aff he hookited to see what was ado. He thocht it was a marriage, an' that there micht be a chance o' some heys aboot the doors. What was my consternation when the reeshlin' an' rattlin' stoppit at the shop door, an' I heard Sandy's voice roarin', "Way-wo, haud still, wo man, wo-o-o, will ye! "

"What i' the face o' the earth's ado noo? " says I to mysel'; an' I goes my wa's to the door. Sandy had been up at Munromont for a load o' tatties. When I gaed to the door, here he was wi' a thing atween the shafts o' his cairt that lookit like's it had been struck wi' forkit lichtnin'.

"What hae ye dune wi' Donal', Sandy? " I speered.

"Cadger Gowans an' me's haen a swap, " says Sandy, climbin' oot at the back o' the cairt, an' jookin' awa' roond canny-weys to the horse's heid.

"Wo, Princie, " he says, pettin' oot his hand. "Wo, the bonnie laddie! "

Princie, as he ca'd him, ga'e a gley roond wi' the white o' his e'e that garred Sandy keep a gude yaird clear o' him.

"He's a grand beast, " he says, comin' roond to my side; "a grand beast! Three-quarters bred, an' soond in wind and lim'. I got a terriple bargain o' him. I ga'e Gowans Donal' an' thirty shillin's, an' he ga'e me a he tortyshall kitlin' to the bute — the only ane i' the countryside. He's genna hand it in the morn. "

There was nae want o' soond in Princie's wind at ony rate. I saw that in a minute. He was whistlin' like a lerik.

"He sooks wind a little when he has a lang rin, " says Sandy; "but that's nether here nor there. He's haen a teenge or twa, an' he's akinda foondered afore, an' a little spavie i' the aft hent leg; but I'll shune pet that a' richt wi' gude guidin'. He's a grand beast, I tell ye! "

2

Sandy stood an' lookit first up at the horse an' then doon at his cairt. "He's gey high for the wheels, " he says; "but, man, he's a grand beast. He cam hame frae Glesterlaw juist like a bird. Never turned a hair. He's a grand beast. "

"Hoo mony legs has he, Sandy? " says I, lookin' at the great, big, ravelled-lookin' brute. He was a' twisted here and there, an' the legs o' him lookit for a' the world juiat like bits o' crunckled water-hose. The cairt appeared to be haudin' him up, raither than him haudin' up the cairt; an' he was restin' the thrawn legs o' him time aboot, juist like a cock stanin' amon' snaw. "Ye shudda left that billie at the knackers at Glesterlaw, Sandy, " says I, I says. "I'm dootin' ye'll ha'e back to tak' him there afore him or you's muckle aulder. "

"Tyach! Haud your lang tongue, " says Sandy. "Speak aboot things ye ken something aboot. Wait till the morn. Ye'll see I'll get roond my roonds an' a' my tatties delivered in half the time. I'll ha'e rid o' a' my tatties an' be hame gin ane o'clock, instead o' dotterin' awa' wi' a lazy brute like Donal'. I'll beat ye onything ye like, Gowans 'ill be ruin' his bargain gin this time; but he'll no' get him back noo. I'll go an' see an' get Princie stabled. "

Sandy gaed inby to the shafts, but he sprang back when Princie ga'e a squeek an' garred his heels play tnack on the boddom o' the cairt.

"That's the breedin', " says Sandy, gaen awa' roond to the ither side o' the cairt.

"It soonded to me like the boddom o' the cairt, as far as I cud hear, " says I, I says; but Sandy never lut on.

The brute had a nesty e'e in its heid. It turned roond wi' a vegabon'-like look aye when Sandy gaed near't. He got up on the front efter a while, an' ga'e the reinds a tit, an' Princie began to do a bit jeeg, garrin' Sandy bowse aboot on the front o' the cairt like's he was foo. Sandy ga'e him a clap on the hurdles to quieten him, but aye the hent feet o' him played skelp on the boddom o' the cairt, till I thocht he wudda haen't ca'd a' to bits. Syne awa' he gaed full bung a' o' a sudden, wi' Sandy rowin' aboot amon' the tatties, an' hingin' in by the reinds, roarin', "Wo! haud still, " an' so on. Gin he got to the fit o' the street there was a dozen laddies efter him; screamin', "Come on you lads, an' see Sandy Bowden's drumadairy. By crivens, he's gotten a richt horse for Donal', noo. "

Sandy didna come up frae the stable till near-hand eleven o'clock, an' I didna say ony mair aboot his braw horse. I've heard the minister say, it's the unexpectit that happens. That's aye the way wi' Sandy, I can tell you. I aye expect that something will happen wi' him that I'm no' expectin'; so I find it best juist to lat him aleen.

Next mornin' he gaed awa' gey early to get yokit, an' he took Bandy Wobster wi' him to gi'e him a hand. It was twa strucken 'oors afore he got to the shop door wi' the cairt, an' baith him an' the horse were sweitin' afore they startit on his roonds. Sandy was lookin' gey raised like, so I lut him get on a' his tatties an' said naething.

Stumpie Mertin cam' by, an', lookin' at Princie, gae his heid a claw.

"What are ye stanin' glowerin' at? " says Sandy till him, gey snappit like.

"Whaur did ye get that hunger'd-lookin' radger, Sandy? " says he. "That beast's no' fit for gaen aboot. The Cruelty to Animals 'ill nip you, as shure's you're a livin' man. "

"Tak' care 'at they dinna nip you, for haein' a wid leg, " says Sandy, as raised as a wasp. "Awa' oot o' that, an' mind your ain bisness. "

"That's been stealt oot ahent some menagerie caravan, " says Stumpie; an' awa' he gaed dilpin' like's he'd made a grand joke.

The policeman cam' doon an' settled himsel' aboot ten yairds awa' frae Princie, put his hands ahent his back, set forrit his heid like's he was gaen awa' to putt somebody, an' took a lang look at him. "That's a clinker, Sandy, " says he. "That billie 'ill cover the grund. "

I didna ken whether the bobbie meant rinnin' ower the grund, or coverin't efter he was turned into gooana or bane-dust; but I saw the lauch in his sleeve a' the same.

Gairner Winton cam' doon the street at the same time, an' the bobby an' him startit to remark aboot Sandy's horse.

"A gude beast, nae doot, " says the Gairner; "but Sandy's been gey lang o' buyin' him. '

"He's bocht him gey sune, I'm thinking, " says the policeman. "Gin he'd waited a fortnicht, he'd gotten him at twintypence the hunderwecht. "

Sandy never lut dab 'at he heard them. The cairt was a' ready an' Sandy got up on the front and startit. A' gaed richt till he got to the Loan, when Princie startit to trot. The rattlin' o' the scales at the back o' the cairt fleggit him, an' aff he set at full tear, the lang skranky legs o' him wallopin' about like torn cloots atween him an' the grund. A gude curn wives were oot waitin' their tatties, an' they roared to Sandy to stop; but Sandy cudna. The tatties were fleein' ower the back door o' the cairt, an' the scales were rattlin' an' reeshlin' like an earthquake; an' there was Sandy, bare-heided, up to the knees amon' his tatties, ruggin' an' roarin', like the skipper o' some schooner that was rinnin' on the rocks. I'll swear, Sandy got roond his roonds an' a' his tatties delivered in less than half the time Donal' took! The wives an' laddies were gaitherin' up the tatties a' the wey to Tutties Nook; and gin Sandy got to the milestane his cairt was tume. By this time Princie was fair puffed out, an' he drappit i' the middle o' the road, Sandy gaen catma ower the tap o' him.

Donal's back till his auld job! Sandy lost thirty shillin's an' a cairt-load o' tatties ower the heid o' Princie; an' as for the he tortyshall kitlin', I've never heard nor seen hint nor hair o't.

II.

SANDY STARTS TO STUDY GEOMETRY.

"Man, Bawbie, I think I'll see an' get into the Toon Cooncil some o' thae days, " says Sandy to me the ither forenicht. "Me an' some o' the rest o' the chaps have been haein' a bit o' an argeyment i' the washin'-house this nicht or twa back, an' I tell you, I can gabble awa' aboot public questions as weel's some o' them i' the Cooncil. I ga'e them a bit screed on the watter question on Setarday nicht that garred them a' gape; an' Dauvit Kenawee said there an' then that I shud see an' get a haud o' the Ward Committee an' get a chance o' pettin' my views afore them. They a' said I was a born spowter, an' that wi' a little practice I cud speechify the half o' the Cooncil oot at the door. "

I hit Sandy blether awa' for a whilie, an' syne I strikes in, "Ay, juist that, Sandy; but you'll mibby g'wa' an' get that tume saft soap barrel scraipit oot, an' the wechts gi'en a black lead; an' we'll hear aboot the Toon Cooncil efter your wark's dune. "

"Oh, but I'll manish that, Bawbie, " says he, gey snappish-like; "but still a man wi' brains in's heid canna juist be setisfeed wi' saft soap an' black lead a'thegither. "

"Ow weel, " says I, "you wud mibby fa' in wi' a fell lot o' baith o' them, even i' the Toon Cooncil. When you're wantin' a favour, a little saft soap — altho' it's only scraipins — is sometimes a very handy thing to hae; an' if you dinna get what you want, you can pet on the black lead syne. There's a fell lot o' that kind o' thing gaen on, an' nae mistak'. There's Beylie Thingymabob, for instance — but, of coorse, that's no' the point — — "

"What I was sayin', " brock in Sandy, "was that when a man's heid's fu' o' brains, an' them wirkin' juist like barm, he maun hae some occupation for his intelleck, or his facilties 'ill gie wey. There's Bandy Wobster, for instance, tak's up his heid wi' gomitry an' triangles an' siclike, juist 'cause he has some brains in his heid, an' maun occupy them; an' what for no' me as weel? "

"Gomitry an' triangles! " says I. "Ye'll mibby be for into the flute band next, are ye? Weel, I'll tell you this — I ken naething aboot the gomitry, or what like a thing it is; but if you bring ony o' your triangles here, wi' there ping ping-pinkey-pingin', I'll pet them doon the syre; that's what I'll do. I like music o' near ony kind. I can pet up wi' the melodian or the concertina; but yon triangle thing I wudna hae i' the hoose. You can tell Bandy Wobster he can keep his triangles for his parrots swingin' on. We want neen o' them here. "

"Tut, Bawbie, 'oman, " says Sandy, "you're juist haiverin' straucht forrit. It's no' flute band triangles I mean ava. It's the anes you see in books — a' shapes an' sizes, ye know. Bandy learned a' aboot them when he was at the sea. Sailors learn aboot them for measurin' hoo far onywey is frae ony ither wey, d'ye know, d'ye see? Bandy tells me that gomitry — that's what they ca' the book fu' o' triangles — is a grand thing for learnin' you to speak; an' he offered to gi'e me a lesson or twa. "

"That'll be whaur Bandy gets a' his gab, " says I. "I think, Sandy, " I says, says I, "that you've mair need to learn something to garr you haud your tongue. You've nae need for learnin' to speak, weel-a-wat, excep' it be to speak sense; an' I dinna suppose gomitry 'ill do you ony guid that wey. It's made but a puir job o' Bandy Wobster, at onyrate. "

"That's a' you ken, Bawbie, " says Sandy. "There's mair in Bandy than the spune pets in; mind I'm tellin' you. He was tellin's aboot some o' the exyems in gomitry lest nicht, an', I'll swag, he garred Cocky Baxter, the auld dominie, chowl his chafts. "

"Exyems! " says I. "Is that the same as exy-oey we used to play at on oor sklates at the skule? "

"No, no, no, no, no, " says Sandy. "What are you haiverin' aboot, Bawbie? It's a different kind o' thing a'thegither. The first exyem is that onything that's equal to the same thing as ony ither thing, is equal to the thing that's equal to the thing to which the ither thing's equal, d'ye know, d'ye see? "

"By faigs, Sandy, " says I, "that's waur than exy-oey yet. What was't you said? "

"It's as plain as twice-twa's fower, Bawbie, if you juist watch, " says Sandy. "If ae thing is equal till anither thing, an' the ither thing's equal to some ither thing that's equal to the thing that the first thing's equal till, then you can easy see that the ae thing 'ill be equal to the ither, as weel as to the ither thing that they're baith equal till. "

I thocht Sandy was raley gettin' akinda lichtwecht, d'ye ken, for I cud nether mak' heid nor tail o' his confused blethers.

"Keep me, Bawbie, do you no' see through't? " he says, glowerin' at me wi' a queer-like look in his e'e. "Gie's three bawbees! Look now; there's thae three bawbees. Weel than, here's twa here, an' there's ane there. Noo, this ane here is equal to that ane there, an' this ither ane here is equal to that ane there too; so that, when they're baith equal to that ane, the teen maun be equal to the tither. A blind bat cud see that wi' its een shut. "

Sandy set himsel' up like's he'd pey'd a big account or something, an', gien his heid a gey impident cock to the tae side, he says, "D'ye no' see't? "

"See't? " says I, I says. "What wud bender's frae seein't? An' is that what gomitry learns you? " says I.

"It is that, " says Sandy. "That's the first exyem. "

"Weel, " says I, "it tak's a michty lang road to tell you what ony three-'ear-auld bairn in the G-O goes cud tell you in a jiffy. "

"Ah, but it's the mental dreel that's the vailable thing, " says Sandy. "It learns you to argey, d'ye no' see? If I had a glisk at gomitry for a nicht or twa, an' got a puckle triangles an' parilelly grams into my heid, I'll be fit to gie a scrieve on the watter question, or the scaffies' wadges, that'll garr some o' oor Toon Cooncillers crook their moos. Wait till you see! "

"Ay, Sandy, " says I, "you'll go an' get the swine suppered an' your ither jobs dune, an', gin ten o'clock were here, you'll get a coo's drink, wi' plenty o' pepper in't, an' get to your bed. Thae washin'-hoose argeymints are affectin' your nervous system, I'm dootin'. Rin, noo, an' see an' stick in. "

I raley thocht, mind you, the wey the cratur was haiverin', that he wantit tippence i' the shillin'.

"I wad juist like you to hear ane o' oor debates, an' you'd cheenge your opinion, " says Sandy. "Bandy promised to tell's something the morn's nicht aboot the postylate in gomitry. I juist wiss you heard him. "

"What wud there be to hear aboot that? " says I. "Oor ane's juist the very same; he's near-hand aye late. "

"Wha? " says Sandy, wi' a winderin' look in his e'e.

"Oor postie! " says I; "he's aye late. You'll of'en hear his whistle i' the street when it's efter ten o'clock at nicht. "

Sandy gaed shauchlin' oot at the door, chuck-chuck-chuckin' awa' till himsel' like a clockin' hen, an' I didna see hint nor hair o' him for mair than twa 'oors efter. But what cud ye expeck? That's juist aye the wey o' thae men when they get the warst o't.

III.

SANDY AND THE DINNER BELL,

Crack aboot holidays! I tell you, I'd raither do a day's washin' an' cleaning', ay, an' do the ironin' an' manglin' efter that, than face anither holiday like what Sandy an' me had this week. Holiday! It's a winder there wasna a special excursion comin' hame wi' Sandy's bur'al. If that man's no' killed afore lang, he'll be gettin' in amon' thae anarkist billies or something. I tell you he's fit eneuch for onything.

We took the cheap trip to Edinboro, juist to hae a bit look round the metrolopis, as Sandy ca'd it to the fowk i' the train. He garred me start twa-three times sayin't; I thocht he'd swallowed his pipe-shank, he gae sic a babble.

We wasna weel startit afore he begude wi' his nonsense. There was a young bit kimmerie an' a bairnie i' the carriage, an' the craturie grat like onything. "I winder what I'll do wi' this bairn? " said the lassie; an' Sandy, in the middle o' argeyin' wi' anither ass o' a man that the Arbroath cricketers cud lick the best club i' the country, says, rale impident like to the lassie, "Shuve't in ablo the seat. "

"You hertless vegabon, " says I; "think shame o' yoursel! Gie me the bairnie, " says I; an' I got the craturie cowshined an' quieted.

There was nae mair nonsense till we cam till a station in Fife wi' an' awfu'-like name. I canna mind what it was, an' never will, I suppose. The stationmester had an awfu' reed nose — most terriple.

"Is the strawberries a gude crap roond aboot here? " said Sandy till him, out at the winda; an' you never heard what lauchin' as there was on the pletform. The stationmester's face got as reed's his nose, an' he ca'd Sandy for a' the impident whaups that ever travelled.

Sal, Sandy stack up till him, though; an' when the train moved awa' the fowk hurrehed like's it had been a royal marriage. The stationmester didna hurreh ony.

Gaen ower the Forth Brig I thocht twa-three times Sandy wud be oot at the window heid-lang. I was juist in a fivver wi' him an' his ongaens. Hooever, we landit a' richt in Edinboro. An' what a day! I thocht when we got to a temperance hotel at nicht that I had a chance o' an 'oor's peace. But haud your tongue! Weesht! I'll juist gie you the thick o' the story clean aff luif.

It was a rale comfortable-lookin' hoose, and we got a nice clean-lookin' bedroom, an' efter a'thing was arranged, Sandy an' me gaed awa' doon as far as Holyrood, whaur Queen Mary got ane o' her fiddlers killed, an' whaur John Knox redd her up for carryin' on like a pagan linkie instead o' the Queen o' Scotland. Weel, it was gey late when we got back to oor hotel, an' we juist had a bit snack o' supper, an' up the stair we gaed. We were three stairs up. We had a seat, an' a crack an' a look oot at the winda, for we saw a lang wey ower the toun, an' it was bonnie to watch the lichts twinklin' an' to hear the soonds.

Twal o'clock chappit, an' we thocht it was time we were beddit. I was anower, an' Sandy was juist a' ready, when he cudna fa' in wi' his nichtkep. It was in a handbag o' Sandy's, and he had left it doon in the lobby. Sandy canna sleep without his nichtkep — no' him!

"What am I genna do? " says Sandy. He was in his lang white nichtgoon, and he gaed to the room door an' opened it. He lookit oot, but a'thing was as quiet's death.

"I'll rin doon for't, " says he; "a'body's beddit. I'll juist rin doon, an' I'll bring up my umberell an' my hat at the same time, for fear they micht be liftit. You never can tell. "

Awa' doou the stairs he gaed in his lang nichtgoon, for a' the earth juist like some corp escapit frae the kirkyaird. He wasna a meenit oot when I dreedit something wud happen, an' I juist sat up tremblin' in the bed.

Sandy got doon to the lobby a' richt; an' a'thing was dark, an' as still's the grave. He scrammilt aboot till he got the bag; syne he fand for his lum hat, an' put it on his heid. He got his umberell in his oxter, an' the bag in his hand, an' then he fand roond juist to see if there was naething else he had forgotten. By ill-fortune he cam' on the handle o' the denner bell, an' liftin't, it ga'e a creesh an' a clang that knokit a' the sense oot o' Sandy's heid, and wauken'd half the fowk i' the hoose. Sandy took till his heels up the stair; an' a gey like picture he was, wi' his lang, white sark-tails fleein' i' the air, a lum

11

hat on his heid, an umberell in his oxter, the bag in ae hand, an' the denner bell i' the ither, bangin' an' clangin' at ilky jump. It wudda frichten'd the very deevil himsel'. The stupid auld fule had gotten that doited that he cam' fleein' awa' wi' the bell in his hand.

There was a cry o' fire, and a scream o' murder, an' in half a meenit the hotel was as busy as gin it had been broad daylicht. Sandy forgot hoo mony stairs he had to clim', and he gaed bang in on an auld sea captain an' his wife, in the room below oors. It fair paralised baith o' them, when they saw Sandy comin' burst in on them wi' his black tile, his white goon, his umberell an' bag, an' the denner bell.

"P'leece, p'leece, " roared the captain an' his wife — an' Sandy oot at the door. Awa' alang a passage he gaed, fleein' like a huntit tod. I heard him as gin he'd been doon in the very bowels o' the earth cryin', "Bawbie, Bawbie! Oh, whaur are ye, Bawbie? "

"Wha i' the earth is he, or what's ado wi' him? " I heard somebody speer.

"Gude kens, " said anither voice. "It's shurely some milkman wi' the bloo deevils. "

"Milkman! What wud a milkman do wi' an umberell, a portmanty, an' a lum hat? "

Juist at that meenit Sandy cam' fleein' alang the passage again, an' by this time a' the fowk in the hotel were oot on the stairs. If you had only seen the scrammel. They scoored doon the stairs, into pantries, in below tables; the room doors were bangin' like thunder, an' Sandy's bell was ringin' like's Gabriel had lost his trumpet. You never heard sic a din. I saw him comin' leggin' up the stair. The stairheid was fu' o' fowk, a' oot in their nicht-goons to see what was ado; but, I can ashure you, when they saw Sandy comin' fleein' up, they shune disappeared. Six policemen cudna scattered them so quick. He came spankin' into my room, an' drappit intil a chair, fair oot o' pech.

"Oh, Bawbie, Bawbie! " he cried, "gi'e's a drink. Tak' that umberell, " he says, haudin' oot the bell to me. "I've been fleein' a' roond Edinboro wi' naething on but my nicht-goon, an' my lum, an' a' the coal cairters i' the kingdom ringin' their bells at my tails. Sic a wey o' doin'! O dear me! I wiss I was hame again! O dear me! "

"That's no an umberell, you doited fule, " says I. "That's the denner bell you've been fleein' aboot wi' i' your hand. "

Sandy lookit at the bell; an' you never saw sic a face as he put on. He lut it drap on the flure wi' a clash like a clap o' thunder, an' I heard a crood o' fowk scurryin' awa' frae oor bedroom door.

I tell'd the landlord hoo the thing happened, an' next mornin' at brakfast time you never heard sic lauchin'. A' the chaps were clappin' Sandy on the shuder; an' ane o' them says — "Ay, man; it's no mony fowk that tak's their lum hat an' their umberell to their bed wi' them. "

But the auld skipper was the king amon' them a'. Hoo he raggit Sandy aboot bein' a somnambulashinist or something.

"When you want to steal a denner bell, " he said to Sandy, "carry't by the tongue, man. It's safer that wey. Bells an' weemin are awfu' beggars when their tongues get lowse. "

The captain was rale taen wi' Sandy, an', mind you, he hired a cab an' drave Sandy an' me a' roond the toon. He said he was bidin' in Carnoustie, and he wadna hae a nasay but we wud come an' hae a cup o' tea wi' him. "An' if you'll bide a' nicht, " he said, "we'll be awfu' pleased. An' I'll chain up the denner bell i' the dog's cooch juist for that nicht. "

Ay, weel! it's fine lauchin' noo when it's a' ower. But if you'd been in my place, you wudna lauchen muckle, I'se warrant.

IV.

A TALK ABOUT HEAVEN.

Sandy got a terrible dose o' the cauld lest week. I never hardly saw him so bad. He was ootbye at the plooin' match lest Wedensday, an' he's hardly ever been ootower the door sin' syne. There was a nesty plook cam' oot juist abune his lug on Setarday, an' he cudna get on his lum hat; so he had to bide at hame a' Sabbath, an' he spent the feck o' the day i' the hoose readin' Tammas Boston's "Power-fold State" an' the "Pilgrim's Progress. " Ye see, Sandy's a bit o' a theologian aye when he's onweel. If he's keepit i' the hoose wi' a host or a sair heid, Sandy juist tak's a dose o' medicin', an' starts to wirry awa' at Bunyan or the Bible. He's a queer cratur that wey, for as halikit a character as he is.

But we had a kind o' a kirk o' oor ain on Sabbath i' the forenicht, for Dauvid Kenawee cam' in, an' syne Bandy Wobster; an' they werena weel set doon when in cam' Jacob Teylor, the smith, an' Stumpie Mertin alang wi' them. Gairner Winton cam' in to speer what had come ower Sandy, for he hadna seen him at the kirk. Ye never saw sic a hoosefu'! Sandy was sittin' at the fireside wi' an auld greatcoat an' a hairy bonnet on, an' a' the sax o' them fell to the crackin', ye never heard the like. Ye wudda really thocht it was a meetin' o' the Presbitree — they were a' speaking that throwither.

"An' what was the minister on the nicht, Gairner? " I says, says I, juist to stop them yabblin' aboot politicks, an' a' the like o' that nonsense on Sabbath nicht.

"He had twa texts the nicht, Bawbie, " said the Gairner. "He took the wirds in Second Kings, second an' elevent, an' in Luke, nint an' thirtieth, an' a fine discoorse he made o't, aboot Elijah bein' taen up to heaven in the fiery chariot, an' comin' again a hunder or a thoosand 'ear efter, juist the same billie as he gaed awa'. He made oot that we'd meet a' oor deid freends in heaven again, an' juist ken them the same as though they'd only been awa' frae hame for a cheenge for a while. "

"I dinna haud wi' yon view o' the thing ava, " said Bandy Wobster. "He wud hae's a' believe that fowk never grow a bit aulder in heaven. The thing appears to me to be ridic'lous. Elijah, a thoosand 'ear efter he was taen up, cam' back withoot being a bit cheenged ether ae wey or anither; that was his idea o't. "

"It's a gey ticklish subjeck, " put in the Smith; "but, faigs, lads, I haud wi' the minister. "

He's an awtu' nice, cowshis man the Smith. Ye wud sometimes think he was meent for a minister, he says things that clever; an' a body aye feels the better efter a crack wi' him.

"Ye see, " he gaed on, "I wadna like it to be ony ither wey. Ye mind o' my little Elsie? Puir lassie, it's — lat me see; ay, it's twal' 'ear come Mertimas sin' she was taen awa'. Ay, man; an' she taen mair o' my heart wi' her in her bit coffinie than she left ahent her. A bonnie bit lassie she was, Bawbie, as ye'll mind. She was juist seven past when she was taen awa'; an' when I meet her again, I wud like her to be juist the same bonnie bit lassokie that cam' in wi' her pawlie that Setarday efternune an' tell'd me she had a sair heid — the henmist sair heid ever she was genna hae. Ye see, lads, if Elsie was growin' aulder in heaven, she wud be a woman nearhand twenty gin this time, an' she wudna be the same to me ava. " An' the Smith lookit into the heart o' the fire like's he had tint something; an' I saw his een fill.

"That's the minister's wey o' lookin' at the thing too, I think, " said the Gairner; "but I canna juist fathom't, I maun admit. "

"There's something in what the Smith says, " said Bandy; "but if there's to be nae growin' ony aulder i' the next world, there'll be some fowk 'ill hae a gey trauchle. There was Mysie Wilkie's bairn that de'ed doon there i' the Loan a fortnicht syne. It was a puir wammily-lookin' cratur, an' was only but aucht days auld when it took bruntkadis an' closed, juist in an 'oor or twa. Mysie, puir cratur, never kent. She was brainish a' the time, an' she follow'd her bairnie twa days efter. D'ye mean to tell me that Mysie 'ill be dwanged trailin' throo a' eternity wi' a bit bairnie aucht days auld, an' it never gettin' even the lenth o' bein' doakit, lat aleen growin' up to be able to tak' care o'ts sel? The thing's no rizzenable. "

"But there wud be plenty bit lassies to gie the bairn a hurl in a coach, " said the Tailor. "I dinna see hoo Mysie cudna get redd o' her bairn for an' oor noo an' than. "

"But that wud juist be a dwang to the lassies, syne, " answered Bandy.

"That's a thing I've often thocht aboot mysel', " says Sandy; "an' the only wey I cud mak' it oot was that a'body in heaven 'ill be juist i' their prime. I've thocht to mysel' that a' the men folk wud be, say, aboot thirty-five 'ear auld, or atween that an' forty, an' the weemin mibby fower or five 'ear younger. "

"An' wud they be a' ae size, d'ye think? " says Stumpie Mertin. Stumpie's a tailor, ye see, an' I suppose he'd been winderin' aboot hoo he wud manish wi' the measurin'.

"I canna say naething aboot the size, " says Sandy; "it's the auldness we're taen up aboot i' the noo. "

"Na, na, Sandy; your wey o't 'ill no' do ava, " said the Smith. "There'll be bairns an' auld fowk in heaven as weel's here. Auld fowk 'ill no' get dune or dotal, like what they do i' this world, undootedly; but there'll be young fowk for them to guide an' advise. It wud be a puir wey o' doin', I'm thinkin', whaur naebody was wyzer than his neeper, an' whaur ye wud never hae the chance o' doin' a freend a gude turn. "

"It's past my comprehension, " said the Gairner. "Maist fowk thinks it'll be a braw place, whaur there'll be nae trauchle or trouble wi' onything; but I doot we maun juist tak' the Bible for't, lads, an' hae faith that it'll be a' richt, whatever wey it comes aboot. "

"There's ae thing, though, that I dinna haud wi' the minister in ava, " said the Smith. "I canna thole the idea o' great croods o' stoot men and weemin daidlin' aboot a' day doin' naething but singin' hymes. I've often thocht aboot that, an' raley, Sandy, I dinna think I cud be happy onywey if I didna hae my studio an' my hammer wi' me; for I'm juist meeserable when I'm hingin' aboot idle. As for singin', I canna sing a single bum. It's no' like the thing ava for weel-faur'd fowk to do naething but trail aboot sing-singin' week-in week-oot. It may do for litlans, an' precentir budies, like Mertin here; but able-bodied fowk, wi' a' their faculties, cudna pet up wi't for a week, lat aleen a' eternity. "

Stumpie's an awfu' peppery budy, an' though the Smith leuch when he made his joke at the tailor's precentin', Mertin got as raised as a wasp, and he yattered back — "You'll maybe be better aff i' the ither place, wi' your auld horse shune an' your smiddy reek, ye auld acowder — — "

"Toot, toot, Mertin; dinna get angry, " says the Smith. "It was but a joke, man. I've nae doot that I wud hardly be i' the right place amon' angels an' sic like billies. But I tell ye what it is, I maun wirk for my livin' in heaven as weel's here, if ever I get there. I cud never pet aff my time gaen aboot doin' naething an' that's whaur I differ frae the minister. "

"But I think we're tell'd that there'll be mony mansions, " says I; "an' nae doubt there'll be mony kinds o' occupation too. There'll be a chance for's a' bein' happy in oor ain wey, I'm thinkin'. I only wiss we was sure we wud a' get there. "

"Ah, Bawbie, lassie, that's whaur you're wyzer than the whole dollop o's, " says the Smith. "We're takin' up oor heids aboot a place we may never get till; an', I'm thinkin', it'll be better for's a' to stick in here an' do what's fair an' richt. If we mak' shure o' that, we may lave a' the rest till a higher hand. "

Mistress Kenawee landit in to see what had come ower Dauvid, an', dear me, when I lookit at the tnock, here, it was five meenits to ten. We'd been argeyin' that muckle aboot eternity, that we'd forgotten aboot the time a'thegither.

V.

MISTRESS MIKAVER'S TEA PARTY.

I'll swag, mind ye, but the men's no' far wrang when they say that weemin have most dreedfu' lang tongues. Dod, mind ye, but it's ower troo; it's ower troo!

Mistress Mikaver wud hae me alang to a cup o' tea lest Teysday efternune; so I gae my hands an' face a bit dicht, an' threw on my Sabbath goon, an' awa' I gaed. I fell in wi' Mistress Kenawee on the road, an', gin we landit, there was a gaitherin' o' wives like what you wudda seen ony mornin' at the Mossy Wall afore the noo water supply was brocht in aboot the toon.

Mysie Meldrum was there wi' a braw noo print frock on. Hand your tongue! Five bawbees the yaird! I saw the very marrows o't in Hantin the draper's remmindar winda. But, faigs, Mysie was prood o't, an' nae mistak. It was made i' the first o' fashion, a' drawn i' the briest, an' shuders as big's smokit hams, wi' Mysie's bit facie lookin' oot atween them, like's she was sittin' in an auld-fashioned easychair. But, of coorse, I never bather my heid aboot what wey fowk's dressed.

Mistress Mollison was juist as assorted as uswal. She'd as muckle on as wudda dressed twa or three folk, an' she was ill-cled at that.

"What'll hae come o' her seal jeckit? " says Mistress Kenawee to me, wi' a nudge, when we gaed ben the hoose to get oor things aff; but I said naething, for, the fac' o' the maitter is, I thocht Mistress Kenawee a fell sicht hersel'. There was a great target o' black braid hingin' frae the tail o' her goon, an' the back seam o' her body was riven in twa-three places. An' if the truth be tell'd, I wasna very braw mysel'. Thinks I to mysel', as I've heard the Gairner's wife say, them that hae riven breeks had better keep their seats.

Gairner Winton's wife was there, lookin' as happy an' impident as uswal; an' Ribekka Steein cam' in juist as me an' Mistress Kenawee were gettin' set doon amon' the rest. Mistress Mikaver was quite my leddy, an' was rinnin' frae the teen to the tither o's juist terriple anxious to mak's a' at hame, an' makin's a' meesirable. I windered that the cratur didna gae heidlang ower some o' the stules she had sittin' aboot; but she got through wi' a' her fairlies an' the tea maskit withoot ony mishap, an' we got a' set roond the table for oor tea.

Mistress Mikaver had oot her mither's cheenie, an' a braw tablecloth, o' her mither's ain spinnin' she tell'd's. She has an awfu' hoosefu' o' stech, Mistress Mikaver; press efter press, an' kist efter kist fu'. I ashure you, the lass that gets young Alek 'ill no want for providin'.

She had a'thing in fine order; it was a perfeck treat to sit doon; an' I noticed a braw noo pentin' o' the scone-baker hung abune the chumla. He maun hae left a fell feck o' bawbees, for I ashure ye his weeda has a fu' hoose, an' aye plenty to do wi'.

Weel-a-weel, we had oor tea, as I was tellin' ye, an' a fine cup it was. Eh, it's a nice thing a cup o' fresh tea. There's naething I like better; it's that refreshin', especially if you've somebody to crack till when you're at it. An', I'll swag, we didna weary for want o' crackin' that efternune. The Gairner's wife an' Mysie Meldrum are twa awfu' tagues for tongue; an' some o' the rest o's werena far to the hent, I'm dootin'.

"Noo, juist see an' mak' yersels a' at hame, " said Mistress Mikaver, in her uswal fizzy kind o' wey.

"An', as the auld sayin' is, gin ye dinna like what's set doon, juist tak' what ye brocht wi' ye, " says Mistress Winton, an' set's a' to the lauchin'. You never heard sic a cratur for thae auld-farrant sayin's; an' Mysie's no' far ahent. Dod, they pappit ane anither wi' proverbs juist like skule laddies wi' snawba's.

"There's Moses Certricht's wife awa' by there, " says Mistress Kenawee, pointin' oot at the winda. "She's a clorty, weirdless-lookin' cratur. I'm dootin' Moses hasna muckle o' a hame wi' her, the gloidin' tawpie 'at she is. "

"Eh, haud your tongue! " said Mistress Mollison. "The puir man's juist fair hudden doon wi' her, the lazy, weirdless trail. But it's the bairns I'm sorra for. Ye'll see them i' the mornin' gaen awa' berfit to the skule, an' a seerip piece i' their hand, wi' fient o' hand or face o' them washen, an' their claes as greasy as a cadger's pooch. It's a winder to me 'at Moses disna tak' to drink. "

19

"He has himsel' to blame, " brook in the Gairner's wife. "She cam' o' an ill breed. He kent what she was afore he married her. Ye canna mak' a silk purse oot o' a soo's lug. Eh, na! Gin ye want a guid sheaf, gang aye to a guid stook. "

"You're richt there, Mistress Winton, " said Mysie. "Tak' a cat o' your ain kind an' it'll no' scart ye, my mither used to say; an' I'm shure I've seen that come true of'en, of'en. "

"They tell me, " said Mistress Kenawee, "that Moses gie's her seven-an'-twinty shillin's every week to keep her hoose wi'. What she does wi't it beats me to mak' oot. Mony a mither wud be gled o' the half o't i' the noo, an' wud feed an' deed half a dizzen bairns on't. "

"But Moses is a fooshinless, hingin'-aboot kind o' a whaup, " says I. "The blame's mibby no' a' on ae side o' the hoose. There's lots o' your braw billies ye wudna need to follow ower their ain doorstap. When there's din an' dirt i' the hoose, the wife aye gets the dirdum. Moses has ower muckle to say aboot the wife. She may be ill, but he's no' the pairty to saw't like neep seed ower a' the countryside. "

"You're richt there, Bawbie, " said Mistress Winton. "I've tell'd Moses that till's face afore the day. They're scarce o' noos that tells their father was hanged. "

"He's an ill man that blackgairds his wife, altho' she were the deevil's sister, " says Mysie; an' even Ribekka gae her moo a dicht, an' whispered to hersel', "Eh, aye, that's a troo sayin'. "

"I'll no' say a wird again' men, " said Mistress Mikaver, "for Wellum was a guid man to me"; an' she took a lang breth throo her nose, an' lookit up at the picture abune the chumla. "I think I've seen Moses the waur o' a dram; but he looks a quiet eneuch stock, " gays she.

"He's some like my man, " I strak in. "He's gey an' of'en oot aboot when he shud be at hame. There's no' muckle hertnin' for a woman when she's left to trauchle day oot day in wi' seven litlans, an' a thrawn-gabbit footer o' a man juist comin' in at diet times, rennyin' aboot first ae thing an' syne anither, threapin' that his porritch is no' half boiled, simmerin' an' winterin' aboot haen to wait a meenit or twa for his denner or his tea. Moses Certricht's a soor, nyattery bit body, an' he tarragats the wife most unmercifu' aboot ilky little bit kyowowy. She may be nae better than she's ca'd. She has nae throwpet wi' her wark, an' she's terriple weirdless wi' her hoose; but she get's michty little frae Moses to mend her — that's my opinion. "

"Muckle aboot ane, Bawbie, as the deil said to the cobbler, " says Mysie. "I wudna say but you're mibby richt eneuch. "

"Dawtit dochters mak' daidlin' wives, " said the Gairner's wife. "She was spoilt at hame, afore Moses saw her. Her mither thocht there was nae lassies like hers, an' I'm shure she saired them hand an' fit. But you'll of'en see't, that wirkin' mithers mak' feckless dochters. At the same time, as my mither used of'en to say, an ill shearer never got a guid heuk, an', I daursay, Moses an' his wife, as uswally occurs, baith blame ane anither. "

We feenisht oor tea, an' got set doon at the winda wi' oor stockin's an' oor seams, juist to hae a richt corrieneuchin, as Mistress Winton ca'd it. Mysie an' me were baith at ribbit socks, so we tried a stent wi' ane anither. But Mysie's tongue gaed fully fester than her wires, an' I'd raither the better o' her. She forgot a' aboot her intaks, an' had her stockin' leg a guid bit ower lang when she cam' to the tnot on her wirsit.

"A thochtless body's aye thrang, " said the Gairner's wife, as Mysie began to tak' doon what she'd wrocht.

"Toot ay, " said Mysie. "Gin a budy be gaen doon the brae, ilky ane 'ill gie ye a gundy. "

The twa keepit at it wi' their proverbs till I got akinda nervish, d'ye ken. They were that terriple wyze, that, as fac's ocht, mind you, they near drave some o' the rest o's daft.

"Did you hear tell that Ribekka here was genna get Jeems Ethart? " said Mistress Mollison to the Gairner's wife, juist to get her on to Beek's tap.

Ribekka blushed like a lassie o' fifteen, an' bringin' her tongue alang her upper lip, she shook her heid an' says, "Juist a lot o' blethers. Jeems wudna hae a puir thing like me. "

"Ye dinna tell me! " said Mistress Winton, never lattin' wink she heard Ribekka. "That's the wey o't is't? Imphm! What d'ye think o' that, na? Weel dune, Ribekka. He's a fine coodie man, Jeems; an' he'll tak' care o' Ribekka, the young taed. Wha wudda thocht it? "

Ribekka had her moo half fu' o' the lace on her saitin apron, an' was enjoyin' the raggin' fine, altho' she was terriple putten aboot, wi' her wey o't.

"Better sit still than rise up an' fa', " said Mysie. "Gin I were Ribekka I'd bide my leen. I wud like to see the man that wud tak' me oot o' my present state. "

"He wudna need to be very parteeklar, " says I, juist to gie Mysie a backca'; for she was sailin' gey near the wind, I thocht. "When I was young, " I says, says I — —

"Auld wives were aye gude maidens, " the Gairner's wife strak in; an' I saw I was cornered, an' said nae mair.

"An' a weeda man too! " said Mysie wi' a grumph. "Better keep the deil atower the door than drive him oot o' the hoose. "

"'Saut, ' quo the souter, when he ate the soo, an' worried on the tail, " was the Gairner's wife's comment; an' Mysie didna like it, I can tell ye.

"You wasna in that wey o' thinkin' when Dossie Millar, the skulemester, used to come an' coort you, when you was up-by at the Provost's, " said Ribekka to Mysie. "If it hadna been for the lid o' the water-barrel gien wey yon nicht, you michta been skelpin' Dossie's bairns the day — an' your ain too. "

We a' took a hearty lauch at Ribekka's ootburst.

"Eh, that was a pliskie, " said Mistress Kenawee. "Dossie got a gey drookin' that nicht. They said it was ane o' the coachmen that was efter Mysie that sawed the lid half throo; an' when Dossie climbed up to hae his crack wi' Mysie at the winda, in he gaed up to the lugs. The story was that Mysie fair lost her chance wi' him, wi' burstin' oot lauchin' when he climbed oot o' the barrel soakin'-dreepin' throo an' throo. He never got ower't, for it got oot aboot, an' the very bairns at the skule began to ca' him the Drookit Dominie. He got a job at the Druckendub skule, an' never lookit Mysie's airt again. "

"You're grand crackers, " said Mysie. "Ye ken a hankie mair than ever happened; but, the man that cheats me ance, shame fa' him; gin he cheat me twice, shame fa' me. That's my wey o' lookin' at things. "

This kind o' raggin' at ane anither gaed on for the feck o' the forenicht, an' we were juist i' the thick o' a' tirr-wirr aboot the best cure for the kink-host, when the doonstairs door gaed clash to the wa', an' in anither meenit in banged Sandy in his sark sleeves, an' his hair fleein' like a bundle o' ravelled threed.

"Michty tak' care o' me, Sandy, " says I, I says; "what's happened? "

"Aye the mair the merrier, but the fewer they fess the better, " says Mistress Winton.

"Wha's been meddlin' wi' you, Sandy? "

But fient a wird cud Sandy get oot. He was stanin' pechin' like a podlie oot o' the watter, an' starin' roond him like a huntit dog.

"Fiddlers' dogs and fleshers' flees come to feasts unbidden, " said Mysie; but Sandy gae her a glower that garred her steek her moo gey quick.

"What i' the earth's wrang, Sandy, " I says, gien him a shak'.

"Wh-wh-whaur's the g-grund ceenimin, Bawbie? " says Sandy. "There's a tinkler wife needin' a bawbee's-wirth, an' I've socht the shop heich an' laich for't. "

"Keep me, Sandy, " says I, "is that what's brocht you here? You'll get it in a mustard tin in the pepper drawer. But wha's i' the shop? "

"Oo, juist the tinkler wife, " says Sandy.

"Weel, did you ever? " said Mistress Kenawee, haudin' up her hands.

"No! " said Sandy, turnin' to her gey ill-natured like. "Did you? "

"That's a type o' what ye ca' your men, " says Mysie. "Weel, weel; they're scarce o' cloots that mend their hose wi' dockens. "

"Bliss my hert, Sandy, she'll be awa' wi' the till atore ye get back, " I said. "Rin awa' yont as fest as your feet'll cairry ye. "

"The fient a fear o' that, " Sandy strak in. "I gae the pileeceman tippence to stand at the door till I cam' back. I'm no' juist so daft's a' that, yet. "

"An' the tinkler wife wants a bawbee's wirth o' grund ceenimin? " said the Gairner's wife. "That fair cows the cadger. "

"I'll rin than, " said Sandy. "I'll fa' in wi't a' richt noo; ye needna hurry, Bawbie, " he added, as he made his wey oot; an' syne wi' the door in's hand, he says, "The pileeceman's in a hurry too, ye see. He has to hurl hame Gairner Winton. He's lyin' alang in Famie Tabert's public-hoose terriple foo"; an' awa' he floo, takin' the door to ahent him wi' a blatter like thunder.

If you had seen Mistress Winton's face! It was a picture. She shogit her heid frae side to side, wi' her moo shut, as if she wud never open't again; but efter a whilie she spat oot twa-three wirds, juist like's they'd been burnin' the tongue o' her. "A dog's tongue's nae scandal, " she yattered oot.

"Better the end o' a feast than the beginnin' o' a pley, " said Mysie. "We mauna lat onybody get cankered. Come awa' and sit doon, Mistress Winton. Bawbie's man juist wantit a dab at ye. Dinna mistak' yersel'; the Gairner's as sober's a judge, I'se warrant. "

But the crackin' wudna tak' the road somewey efter this. There was a fell feck o' hostin', an' ow-ayin', an' so on; so I cam' my wa's hame afore aucht o'clock, for I was juist sittin' on heckle-pins thinkin' ilka meenit Sandy wud be comin' thrash in on's, roarin' he'd set the parafin cask afeyre. I was gled when I got hame an' fand a'thing in winderfu' order; although Sandy was gien Nathan coosies i' the shop jumpin' ower the coonter wi' ane o' his hands in his pooch. It's juist his wey, the cratur. He canna help it.

"Was the tinkler wife here when you cam' back? " I said to Sandy.

"Oo, ay, " says he. "I gae her her ceenimin. "

24

"There wudna be muckle profit oot o' that transaction, efter deduckin' the pileeceman's tippence, " I says, says I. "Hoo did ye no' juist say that the grund ceenimin was a' dune? "

"'Cause that wudda been a lee, " said Sandy.

"Weel, ye cud sen ye didna ken whaur it was, " says I.

"That wudda lookit ridic'lous, an' me the mester o' the shop, " said Sandy.

"Weel, but d'ye no' see that it was ridic'lous to gie a pileeceman tippence to watch a tinkler wife that wantit only a bawbee's-wirth o' grund ceenimin, " I says gey sharp till him.

"Better g'ie the pileeceman tippence than tak' the cratur afore the shirra for stealin', an' mibby hae the toon peyin' a lot o' bawbees for keepin' her in the gyle, forby railroad tickets for her and twa peelars up to Dundee. That wudda been fully mair gin tippence, " said Sandy.

Argeyin' wi' Sandy's juist like chasin' a whitterit in a drystane dyke. When ye think you have him at ae hole, he juist pops throo anither. Tach! When he's in thae argey-bargeyin' strums o' his, I canna be bathered wi' him!

VI.

SANDY'S SECOND LESSON IN GEOMETRY.

Wi' a' his foiterin' weys, there's a winderfu' speerit o' independence aboot Sandy, d'ye ken? He disna care aboot being dawtit by onybody, especially by folk he disna like. Juist the ither day, for instance, Sandy was jumpin' doon aff the fore-end o' his cairt. His fit had tickled in aboot the britchin somewey, an' he cam' lick doon on the braid o' his back i' the gutter. The bobby was stanin' juist ower the road at the time, an' cam' rinnin' across wi' his moo wide open.

"Keep me, Sandy, cratur, " he says, "what's happen'd? Did you fa' aff the cairt? "

"G'wa an' mind your ain bizness, " says Sandy, jumpin' up, an' gien himsel' a shak. "The cairt's my nain; I can come doon afen't ony wey I like. "

The bobby gaed awa' rubbin' his chin. "Dod, " he saya to Stumpie Mertin at the corner o' the street "that man Bowden's the queerest jeeger ever I cam across. He cam' thrash doon on the kribstane there i' the noo, an' when I ran answer to see if he was ony waur, he juist gae me impidence, an' said he cud come doon aff his cairt ony wey he liket. Did you ever hear the like? "

"He's a queer chield, Sandy, " said Stumpie. "There's some folk thinks he wants tippence i' the shillin', but it's my opinion there's aboot fourteenpence i' the shillin' o' him. He's auld wecht; mind I tell you. "

That's exactly my ain opinion, d'ye ken; an' it akinda astonished me to hear Stumpie speakin' sense for ance in's life. He's uswally juist a haverin' doit.

But that's no' what I was genna tell you aboot. Sandy and Bandy Wobster have had a terriple fortnicht's colligin' thegither. Every ither nicht they've been ether i' the washin'-hoose or i' the garret; an' Sandy's been gaen aboot scorin' a' the doors wi' kauk, an' makin' rings an' lines like railroads an' so on a' ower them.

"What's this you an' Bandy's up till noo? " I says to Sandy the ither mornin', juist when we were sittin' at oor brakfast. "I howp noo, Sandy, " I says, says I, "that you'll keep clear o' the eediotikal pliskies you played lest winter. "

"You can wadger your henmist bodle on that, " says Sandy, as he took a rive ooten a penny lafe. "There's to be ither kind o' wark on this winter. Bandy an' me's been busy at the gomitry. Man, Bawbie, it's raley very interestin'. You mind I spak to you aboot some o' the triangles an' things that it tells you aboot afore? "

"Weel, look here, Sandy, " I says, "I notice you've been scorin' every door aboot the place wi' your triangles, an' they're juist the very shape o' the ane Ekky Hebbirn played in the flute band; an', as I tolled you afore, I'm no' to hae ane o' them aboot the hoose. Preserve me, man, you'll get as muckle music oot o' the taings, an' mair. "

"Keep on your dicky, 'oman, " says Sandy. "You're clean aff the scent a'thegither. There's nae music aboot gomitry triangles ava. They've naething to do wi' music. They're for measurin' an' argeyin' oot things till a conclusion. Flute bands! Sic a blether o' nonsense. I maun lat you see the triangle book. We was haen a bit rin ower the exyems again lest nicht juist. Noo, juist to gie you an idea, Bawbie! You mind I tell'd you the exyem aboot things bein' equal to ane anither when they're equal to some ither thing that's equal to the things that are equal to ane anither? "

"I mind aboot you haiverin' awa' some nonsense o' that kind, " says I; an', as fac's ocht, I cud hardly haud frae lauchin' at the droll look on Sandy's face.

"Weel, " he gaed on, "that was the first exyem; the henmist is that the whole is greater than its pairt. That means, d'ye see, for instance, that my cairt's bigger gin the trams. "

"Hoo d'ye mak' that oot? " says I. "Michty me, man, if the trams were nae bigger gin the cairt, hoo wud Donal' get in atween them? The thing's ridic'lous. "

"You're no' seein't, " says Sandy. "Tak' the back door o' the cairt, for instance. The back door's only a bit o' the cairt, isn't? Weel, than, shurely the cairt's bigger than the back door. "

"You're haiverin' perfeck buff, " says I. "The back door's juist exakly the same size as the cairt, or you wud never get it fessend on. Ony bairn kens that, gomitry or no gomitry. "

"Bliss my hert, Bawbie, " says Sandy, gettin' akinda peppery, "shurely to peace a scone's bigger than a bit o' a scone. "

"There's nae doot aboot that, " says I, "if the scone that you have a bit o' is nae bigger gin the scone that's bigger gin the bit o' the ither ane. "

"That's teen for grantit, of coorse, " says Sandy.

"But I dinna see hoo that mak's ony difference to the back door o' the cairt, " says I, I says.

Sandy took a gey wild-like bite at his row, an gae twa-three o' his chuck-chucks, an' then he says, "Man, Bawbie, you weemin fowk have nae rizzenin' faculty. Naebody wi' ony logic wud need twa looks to see brawly that onything's bigger than a bit o't, or, as the book says, that the whole's greater than its pairt. That's self-evident. Tak' the Toon Cooncil, say. It's shurely bigger than ony ane o' the Cooncillers. "

"Is't na? " I brook in gey quick. "Juist you speer at Bailie Thingymabob, an' you'll shune find oot whuther he thinks the Toon Cooncil or him the biggest o' the twa. "

"Auch, Bawbie; you're no wirth argeyin' wi', " says Sandy. "You've aye sic a desjeskit wey o' lookin' at things. What's the sense o' bletherin' aboot Bailie Thingymabob? Preserve me! if he's only an echteent pairt o' the Toon Cooncil, shurely common sense 'ill lat you see that the Toon Cooncil's bigger than he is. Ony bit loonie in the tower-penny cud see that in a blink. "

"Very weel, " says I; "juist speer at Bailie Thingymabob himsel'. I'll swag, if you tell him he's only an echteent pairt o' the Toon Cooncil, he'll be dealin' wi' anither tattie man gin neist mornin'. Sandy, loonikie, your exyems may do amon' your triangles an' sic like fyke-facks an' kyowows, but they're a' blethers you see brawly ony ither wey. "

28

What a raise Sandy got intil! He was that kankered that he took twa or three ill-natured rives o' a shreed o' breed, an' a gullar o' tea, an' fair stankit himsel'. It gaed doon the wrang road, an' Sandy was nearhand chokit.

"Sairs me richt for argey-bargeyin' wi' a doited cratur that canna see a thing that's as plen's a pikestaff, " he says, efter he had gotten his nose blawn. Syne he cowshined doon a bittie, an' says, wi' a bit snicker o' a lauch, "I maun hae you tried wi' the pond's ass anowerim. "

"An wha micht he be? " says I.

"That's the fift proposition, Bawbie, " says Sandy. "It's ca'ed the pond's ass anowerim. That's Latin for the cuddy's brig. If you canna get ower't, you're set down for an ass. "

"Have you been ower't, Sandy? " I says, says I.

"No' yet, " he says, never lattin' wink that he noticed the dab I had at him; "but I'm beginnin' to see throo't, I think. Gin I had anither glisk or twa at her I'll be on the richt side o' her, I'se wadger. "

Fient a glint o' sense cud I see in Sandy's palaver; so I says, says I — "What is this fift proposition you're haiverin' aboot? "

"Weel, it's juist this, " says Sandy; an' he began to mak' a lot o' fairlies wi' his finger amon' the floor aff the rows on the table. "Look sae, there's what ye ca' a soshilist triangle. Weel, you see the twa corners at the doon end o' her hare? They're juist the very marrows o' ane anither; an' if you cairry the lines at the side o' them here a bit farrer doon, an' get in ablo the boddam o' the triangle, ye'll find that the corners aneth the boddam are juist the very marrows o' ane anither too. D'ye see? "

"Ay, Sandy, " I says, says I, "you'll better awa' an get Donal' yokit. I dinna ken what use thae soshilist triangles an' ither feelimageeries like hen's taes are genna be to you, but I howp they'll no' be learnin' ye to gie fowk jimp wecht, or it'll juist be the ruin o' your trade. I've nae objections to you haein' a hobby; but shurely you cud get a better ane gin a lot o' thae blethers o' Bandy Wobster's. Get ane o' thae snap-traps, or whativer ye ca' them, for takin' photographs; get on for the fire brigade or the lifeboat, join the Rifles or something.

There wud be some sense in the like o' that. But fykin' an' scutterin' awa' amon' exyems, as you ca' them, an' triangles, an' a puckle things like laddies' girds and draigons, that nae livin' sowl cud mak' ether eechie or ochie o' — — Feech! I wudna be dodled wi' them; juist a lot o' laddie-paddie buff. "

Sandy jamp aff his seat an', rammin' on his hat, gaed bang throo the shop, yatterin', "Auch, haud your gab; that claikin' tongue o' yours mak's me fair mauchtless. I micht as weel argey wi' the brute beast i' the swine-crue till I was black i' the face. " An' oot at the door he gaed, halin't to ahent him wi' a bang that garred the very sweetie bottles rattle.

VII.

SANDY'S MAGIC LANTERN EXHIBITION.

I was juist gaen oot at the back door on Wednesday nicht last week when I hears some crackin' gaen on i' the washin'-hoose, an' I lookit in to see wha was there.

"Man, that's juist the very dollop, " says Sandy, as I lifted the sneck.

Dauvid Kenawee an' Bandy Wobster an' him were stravagin' roond aboot the place wi' a fitrool an' a bawbee can'le, an' I saw immidintly that there was something i' the wind. I was juist clearin' my throat to lat them ken there was to be nae mair o' their conspiracies in my washin'-hoose, when Dauvid slippit in his wird afore me.

"Come awa, Bawbie, " he saya, says he, in his uswal quiet wey. "We were juist seein' aboot whuther we micht hae a bit magic lantern exhibition here on Setarday nicht. I have a class at the Mission Sabbath Schule, ye see, an' I was genna hae them at a cup o' tea on Setarday, an' I thocht o' gien them a bit glisk o' the magic lantern. Robbie Boath, the joiner, has a lantern he's genna gie's the len' o', an' Sandy here thinks he can wirk the concern a' richt. "

"I've nae objection to onything o' that kind, whaur gude's genna be done, " says I. "But it's no' nane o' your electric oxey hydropathic kind o' bisnesses, is't? I winna lippen Sandy wi' onything o' that kind, for I tell ye — — "

"Dinna you bather yoursel, Bawbie, " brook in Sandy. "This is a parafin lantern; juist as easy wrocht as your washin' machine there. "

"Ay weel, Sandy, " says I, "gin ye get on wi' your magic lantern as weel's ye generally manish wi' the washin' machine, when I'm needin' a hand o' ye, I'll swag Dauvid's bairns 'ill no' be lang keepit. "

"Tach, Bawbie, you're aye takin' fowk aff wi' your impidence, " says Sandy, gey ill-natured like.

But Dauvid an' Bandy juist took a bit lauch at him.

Weel, than, to mak' a lang story short, Setarday nicht cam', and the magic lantern wi't. Dod, but Sandy had a gey efternune o't. He was steerin' aboot, carryin' in soap boxes for seats to the bairns, an' learnin' up his leed aboot the pictures, an' orderin' aboot Nathan; ye never heard the like! I heard him yatterin' awa' till himsel' i' the back shop, "The great battle o' Waterloo was fochen in echteen fifteen atween the English an' the French, an' Bloocher landit on the scene juist as Wellinton was gien the order — Tuts, ye stupid blockheid, Nathan, that saft-soap barrel disna gae there — 'Up gairds an' at them.'" He gaed on like this for the feck o' the efternune, an' even in the middle o' his tea, when I speered if it was het eneuch, he lookit at me akinda ravelled like, and says, "Although ye was startin' for that star the day you was born, stride-legs on a cannon ball, ye wudna be there till ye was mair than ninety 'ear auld."

"Wha's speakin' aboot stars?" says I; "I'm speerin' if your tea's het eneuch?"

"O, ay, yea, I daursay; it's a' richt," says Sandy. "I was mindin' aboot Sirias, the nearest fixed star, ye ken. I winder what it's fixed wi'?"

Seven o'clock cam' roond, an' Dauvid's bairns gaed throo oor entry like's they'd startit for Sandy's fixed star. They wudda gane through the washin'-hoose door if it hadna happened to be open. I had forgotten aboot them at the time; but, keep me, when they cam' oot o' Dauvid's efter their tea, I floo to the door. I thocht it was somebody run ower.

Sandy had on his sirtoo an' his lum gin this time, an' he was gaen about makin' a terriple noise, blawin' his nose in his Sabbath hankie, an' lookin', haud your tongue, juist as big's bull beef. He gaed into the washin'-hoose to cowshin the laddies, for they were makin' a terriple din.

"Now, boys an' loons — an' lassies, I mean," says Sandy, "there must be total nae noise ava, or the magic lantern 'ill no wirk."

"Hooreh! Time's up!" roared a' the laddies thegither; an' they whistled, an' kickit wi' their feet till you wudda thocht they wud haen my gude soap boxes ca'd a' to crockineeshin.

Dauvid appeared to tak' the whole thing as a maitter o' coorse, an' when I speered if this was juist their uswal, "Tuts ay, " says he, "it's juist the loons in the exoobrians o' their speerits, d'ye know, d'ye see. "

Thinks I to mysel', thinks I, I wud tak' some o' that exoobrians oot o' them, gin I had a fortnicht o' them. A Sabbath class! It was mair like a half-timers' fitba' club. But, of coorse, it's no' ilka day they see a magic lantern.

Mistress Kenawee, an' Mistress Mollison an' her man, the Gairner, an' the Smith, an' I cudna tell ye hoo mony mair, had gotten wind o't, an' the washin'-hoose was as foo as cud cram. There was a terriple atramush amon' the laddies when the can'le was blawn oot, an' syne Sandy strak a spunk an' lichtit his lantern, an', efter a fell lot o' fykin', he got her into order.

Sandy gae a keckle o' a host, an' syne he says, "Now, boys an' girls an' people, the first picture I'm genna show you is Danyil in the den o' lions. There he is sae! " an' he shot in the picture.

It was an awfu' queer-like picture. I cud nether mak' heid nor tail o't. It was a' juist akinda greenichy-yallichy like, like's somebody had skelt a pottal o' green-kail or something on the sheet whaur the picture was.

"I'm dootin' there's something wrang wi' the fokis, " says Bandy Wobster.

"Juist you look efter your ain fokis, Bandy, " says Sandy, gey peppery weys, "an' lat ither fowk's fokises aleen. "

"Are ye share you're richt wi' the picture? " Dauvid Kenawee speered.

"There's naething wrang wi' the picture, " says Sandy. "Ye see that kind o' a broon bit doon at the fit there? That's ane o' Danyil's feet. "

"Look the number o' the slide, Sandy, " said Bandy, "an' mak' shure you're richt. They're mibby oot o' order. "

"You're oot o' order, " said Sandy, as angry as a wasp. "Haud that lum hat, Bawbie! " he says; an' he oot wi' the picture, an' roars oot —

"Number 2217! Look up 2217, Nathan, i' the book there, an' see what it says. "

Efter kirnin' aboot amon' the leaves o' his book for a meenit or twa, Nathan got up his nose to the moo o' the lantern an' read oot — "A slice o' a drunkard's liver. "

"What d'ye say? " says Sandy. "Lat's see't. "

"A slice o' a drunkard's liver, " says Nathan again.

Sandy grippit the book, an' efter a meenit, he says, "Ay, man; so you're richt. There's been some mixin' amon' the pictures. This is a slice or section o' a drunkard's liver, " he continued, "showin' the effeks o' alcohol. "

The laddies hurraed the drunkard's liver like onything, an' this gae Sandy time to get his breath, an' to dicht the sweit aff his face.

"That's the kind o' a liver ye'll get if you're drunkards, " said Sandy. "The action o' the alcohol dejinerates the tishie until the liver becomes akwilly ransed, an' the neebriate becomes a total wreck. " At this the laddies an' lassies clappit their hands like a' that.

"See that ye never get a drunkard's liver, " said Sandy in a solemn voice; an' ane o' Dauvid's laddies says, "By golly, I wudna like a sowser o' a liver like that, onywey, " an' set a' the rest a-lauchin'.

"Attention! " shouted Dauvid till his class; an' Bandy Wobster — wha was busy glowerin' at the drunkard's liver, an' windrin' what like his ain was, nae doot — strak in, without kennin', wi' "Shoulder arms! " an' the laddies roared an' leuch till you wud actually thocht they wudda wranged themsel's. Gin they stoppit, Sandy had fa'in' in wi' Danyil, an' there he was, glowerin' at's a', life-size, an' twenty lions wirrin' a' roond aboot him.

Sandy tell'd the story aboot Danyil, an' hoo he was flung in amon' the lions for no' bein' a vegabon'; an' faigs, mind ye. Sandy got on winderfu'. The laddies paid fine attention, an' ye cudda heard a preen fa'in' when Sandy was speakin'.

"There's no' nae lions' dens nooadays, ye see, " say Sandy, to feenish up wi'. "What is't they do wi' creeminals or notorious fowk noo? "

34

"Pet them on for Toon Cooncillers, " said ane o' the biggest o' Dauvid's laddies; an' Bandy Wobster lut oot a great ballach o' a lauch, an' roared at the pitch o' his voice — "Confoond it! Feech! I've swallowed a bit tobacco! "

Then there were pictures o' Joseph an' Moses, an' a great lot mair Bible characters, the loons roarin' oot the names generally afore the pictures were half in sicht. They were roid loons, an' nae mistak', but I can tell ye they had the Bible at their finger nebs. Dauvid was as prood's Loocifer aboot the laddies answerin' so smert; but Sandy hardly liked it.

They had a' the Bible stories as dare's dare cud be, an' whenever ony picture appeared they had a' the story roared to ane anither afore Sandy got his fokis putten into order. Bible knowledge is a grand thing, nae doot; but the laddies fair took Sandy's job ower his heid; an' he hardly liked it, as ye'll readily understan'.

But the local characters gae Sandy a better chance, an', I ashure you, he took full advantage o't. He gae a lang laberlethan aboot some o' the pictures — keep me, if he'd carried on like yon at ilky picture, he wudna been dune when the forenune bells wudda been ringin' for the kirk next day.

"I have noo some kapital pictures o' auld Arbroathians to show you, " said Sandy to the bairns "the reg'lar rale Reed Lichties. An' I howp the laddies here 'ill tak' a lesson frae them, an' stick in an' get their pictures in magic lanterns efter they're deid too, an' get great big mossyleeums — that's thae great muckle sowsers o' gravesteens, juist like mill stalks, ye ken — oot in the Warddykes Cemetery, wi' their names chiseled on them in gold letters. "

The loons riffed an' clappit their hands at this like's they were a' wishin' they were deid an' buried ablo a big gravesteen.

Efter a lot o' palaver, Sandy shot in his first local picture.

"This is Provost — — What was his name again? Be was wint to be a great lad at — — Man, what's his name again, Bandy? " says he.

"I dinna ken, Sandy, " said Bandy; "but it strik's me you have him into the lantern upside doon. He's stanin' on his heid. "

"He was a gey upside-doon character, at ony rate, " said the Smith. "He was juist aboot as muckle use the tae wey as the tither. "

Sandy got his Provost putten richt; but some o' the rest o' his notables were juist as pranky. They cam' in backside-foremost, upside-doon, lying alang the floor — ye never saw the like — until Sandy was near-hand at the swearin'. "Confoond thae Provosts and Bailies, " says he, "I never saw sic a set. "

"Ow, ow, Sandy, " says I, "ye needna get angry at thae bodies; they're a' deid. "

"Ay weel, we'll hae a whup at some o' the livin' anes, " says Sandy. "Gie me up some o' thae slides in the green box, " he cries to Nathan. "Whaur hae ye putten the Provosts an' the Bailies? "

"I have them a' in my breeks' pooch, " says Nathan. "They're a' richt. "

"An' whaur's the drunkard's liver? "

"O, I laid it on the boiler-heid, alang wi' Danyil an' some mair. "

"See an' no' be mixin' them than, " said Sandy, shovin' in another slide. "This, as you'll easily recognise, is Bailie Thingymabob. "

The laddies gae the Bailie a roond o' applause, an' Bandy Wobster says, "Man, but he's awfu' indistink, Sandy. Ye can hardly mak' him oot. "

"That's no' to be windered at, " says Sandy. "I never fell in wi' onybody that cud mak' him oot. Ye canna expeck a magic lantern to do what ye canna do yersel'. It'll be a bad job for the Bailie, I can tell you, when fowk begin to mak' him oot. The next picture is Cooncillor Spinaway. "

"Ay, I'll go doon the yaird an' hae a reek, " says Bandy, gettin up frae his seat, an' settin' a' the loons a-lauchin'.

"Ye needna gae awa' i' the noo, " says Dauvid. "Wait till you see the rest o' the pictures. "

"Dinna mistak' yersel', " says Bandy in laich, "when that cove's gotten on his feet he'll no' sit doon for half an 'oor. I never saw him get up yet but he gae a'body mair than their sairin' o' sooage, an' main-drains, an' gas-warks, an' so on afore he feenisht. Wait till you see. "

"Haud your haiverin' tongue, " said Sandy. "Bliss your heart, he's in the magic lantern. He canna speak there. "

"I daursay you're richt, " says Bandy, clawin' his heid. "Weel, the Provost shud juist keep a magic lantern handy, an' gar him bide in't. That wud keep him quiet at the meetin's. "

"We'll lat ye see a picture o' the whole Toon Cooncil, noo, " said Sandy; an' in cam' the picture. "There's been some mair mixin' again, " said Sandy, gey kankered like. "That's shurely no' the Toon Cooncil. What's number echteen, Nathan? "

"The pleg o' locusts in Egypt, " says Nathan.

"Hoo's that gotten in there, ava? " says Sandy.

"O, they'd juist putten't amon' the ither plegs, " brook in Bandy Wobster.

"Here's a very interestin' slide, " says Sandy, as he put in the next picture. "This is a picture o' the deputation that waited on some o' the members o' the Toon Cooncil at lest election an' priggit wi' them to bide in, altho' they were awfu' anxious to hae dune wi't. "

"That's like a picture o' a bunghole withoot a barrel roond it, " said ane o' Dauvid's laddies.

"There's naebody there, Sandy, " said Bandy Wobster.

"Ay, but that's the deputation tho', " said Sandy. "They're mibby inveesible, but that's them for a' that. The name's on the picture. You can look yersel', if you dinna believe me. "

"Ay, Pepper's Ghost! " roars oot the Smith. "He waits on lots o' fowk aboot election times. He's juist a perfeck scunner, nominatin' fowk against their will, an' draggin' them into publicity when they wud far raither be kickin' up some ither kind o' a row. "

37

He's an awfu' haiverin' body the Smith sometimes. When he's sensible, he's juist akinda ridic'lously sensible; an' when he's' no', he's juist as far the ither wey.

"Deputations is aye anonimous, " says Sandy. "They aye turn up wi' a nomdy plum. It's juist the men's modesty that keeps them oot o' sicht. They pey a' their veesits throo the nicht, an' fient a cratur kens eechie or ochie aboot them. Man, I like modesty. I've a great respeck for a deputation that keeps oot o' sicht. "

"C'wa wi' some mair pictures, " roared some o' the laddies, an' Sandy's grand perrygrinashin ended a' o' a sudden.

"The next picture is a very interestin' ane, " said Sandy, efter he'd gotten a breath. "This is ane o' the famous meal mobs. You see the crood o' men, sae, they're a' roarin' thegither. There's neen o' you loons 'ill mind o' the meal mobs, " said Sandy, "but I mind o' them fine. A gey toon it was i' thae days. You'll notice the auld Toon-Clark i' the middle there, wi' his hands up, threatenin' to send for the pileece, an' a' the crood yalpin' at him like as mony dogs. I can tell you loons, ye may thank your stars that you wasna born when wey-o'-doin's like that was carried on i' the toon. You dinna ken naethin' aboot it. There's been naethin' like it i' the toon o' Arbroath sin' — — "

"Hold on, Sandy, " roared Nathan; "that's the wrang picture you have in again; here's the meal mob here. Look an' see what's on that ane. "

"A Presbitree Meetin'! " read oot Sandy; an' you wudda thocht the Smith an' Bandy Wobster were genna ding doon the hoose wi' their noise an' roarin' an' lauchin'.

"I thocht they were gey black-lookin' gentry for a meal mob, " says the Smith; an' Bandy nodded his heid an' leuch, an' says, "Man, Sandy's a perfeck genius as fac's ocht, I hinna heard onything like him. "

I hinna time to tell you aboot a' the rest o' the exhibition. It was a treat in mair weys than ane. Sandy lut's see a lot o' notables like Mester Gladstone, an' Blind Hewie, an' Steeple Jeck, an' the Prince o' Wales, an' Burke an' Hair, an' the Jook o' Argile, an' Dykin Elshinder. But the crooner o' them a' cam' when Sandy says —

"Noo, here's Snakimupo, the famous king o' the Cannibal Islands, an' his favourite squaw, that eats missionaries, an' Bibles, an' poopits whenever they can get a haud o' them" — an' in he shot — wha d'ye think? Juist Sandy an' me oorsels, life-size — ay, an' bigger!

"O, golly midgins! " says ane o' Dauvid's lassies, wi' her hands up, an' her moo an' her een wide open.

You never heard sic a riffin' as there was, the laddies a' roarin' "The King o' the Cannibal Islands, " an' Sandy wirrin' like a perfeck terrier.

"That's some o' Robbie Boath's wark, " he says in laich till himsel', wi' an awfu' girn on his face. "He gae me that picture special, an tell'd me the name o't, an' said to feenish wi't. But gin he disna get a stane o' diseased pitatties frae me the morn that'll mak' him onweel for a i'ortnicht, my name's no Si Bowden. " Syne he added heich oot, "Noo, loons and lassockies, that's a'. It's aboot time you was toddlin' awa' hame noo; an' I howp you've a' enjoyed it. "

Dauvid proposed a vote o' thanks to Sandy; an' you wudda thocht a' the steam-engines atween this an' Glesca had gotten into oor washin'-hoose, wi' their whistles on full-cock. The noise was something terriple. I had to pet my fingers in my lugs, an' rin.

VIII.

SANDY AND THE RHUBARB TART.

Was ever a woman so provokit wi' a ramstam, dotrifeed gomeral o' a man? Sandy Bowden 'ill hae me i' my grave yet afore my time, as share's I'm a livin' woman. There's no' a closed e'e for me this nicht; an' there's Sandy awa' till his bed wi' his airms rowed up in bits o' an auld yellow-cotton apron o' Mistress Mikaver's mither's. Eh, sirce me; an' me was so happy no' mony 'oors syne!

We gaed awa' to hae a cup o' tea wi' Mistress Mikaver — that's the scone-baker's widow, ye ken. Her auldest laddie's been awa' oot amon' the Reed Indians, or some o' thae ither lang-haired, naked fowk 'at never wash themsel's; an' they say he's made a heap o' bawbees. He's a snod bit stockie — a little beld, an' bowd-leggit, an' wants a thoom. But, I'll swag, the young kimmers that were at the pairty didna see muckle wrang wi' him. There was as keen competition for him amon' the lassies as gin he'd been a gude-gaen public-hoose puttin' up for unction.

Me an' Sandy landed amon' the first o' the fowk. A'thing was richt snod, I assure ye. Mistress Mikaver had the stair noo whitened, an' every stap was kaumed an' sandit, ye never saw the like. An' there she was hersel' wi' her best black goon on, no' a smad to be seen on't, an' her lace kep an' beady apron. She was a dandy, an' nae mistak'.

Afore Sandy got up the stair he manished to mairter the feck o' his Sabbath claes wi' the whitenin'; an' I was akinda feard Mistress Mikaver micht mistak' him for the scone-baker's ghost. But we got him made gey snod, an' syne we gaed inby to the ben-hoose fireside, an' had a crack wi' young Aleck. That's the son's name. Sandy an' him got started aboot mustangs, an' Indeens, an' boomirangs, an' scoots an' ither scoondrils, till I cudna be deaved ony langer wi' their forrin blethers; so ben to but-the-hoose I gaed to hae a twa-handit crack wi' Aleck's mither.

When I opened the door, here's as mony lassies as wudda startit a noo mill. They'd been a' deckin' themsel's but-the-hoose afore they cam' ben to see Aleck, d'ye see? He made himsel' rale frank, an'

40

speer'd for a' their mithers, an' a'thing; an' then we got roond the ben-hoose table, an' had a fine game at the totum for cracknets.

Sandy juist got gey pranky, as uswal, afore he was lang startit. He's aye the same when he gets amon' young lassies, the auld ass 'at he is.

"T tak's them a' but ane, " he roared in the middle o' the game; an' he grippit up a nivfu' o' the crack-nets, an' into his moo wi' them. His een gaed up intil his heid, an' gin I hadna gien him a daud i' the back, that garred the nets flee oot o' his moo a' ower tha table, he'd been a chokit korp in a meenit or twa, juist as shure's the morn's Setarday.

But little did I think what was afore's! Gin I'd kenned, I'd latten him chok, the mairterin' footer 'at he is.

We a' gaed awa' doon the yaird aboot half-past seven, to see a noo henhouse 'at Aleck had been tarrin' that efternune. He maun be a handy earl, mind ye.

"Tak' care o' your frocks, for that tar's weet yet, " says Aleck to the lassies.

"Ay, man, so it is, " says Sandy, takin' a slaik o't aff wi' his fingers, an' syne dichtin't on the tail o' his sirtoo, the nesty character, 'at I shud say sic a wird!

"Man, Aleck, " says Sandy, when we were a' on the green juist takin' a look roond aboot's, "it looks juist like the streen that you sat up 'on that very tree there, an' pappit Gairner Winton wi' oslins that you'd stealt ooten his ain gairden. I mind I was here when he cam' doon to tell your father aboot your ongaens. You was a wild tyke o' a laddie, I can tell ye. Your father gae you an awfu' paikin'; but fient a hair did you care. He wasna weel dune tannin' you when you was roarin' 'Hairy Grozers' — that was a by-name o' the Gairner's — in at Winton's shop door. You was a roid loon. "

Aleck took a richt herty lauch at Sandy's blethers, an' the twa o' them were juist thick an' three-faud afore they were half-an-'oor thegither. Yet wudda thocht they'd kent ane anither sin' ever they were doakit.

My Man Sandy

Gin we cam' back, Aleck's mither had a fine supper a' ready on the table. She had a can'le here an' there, an' pucklies o' chuckinwirth an' persly scattered roond the rob-roys. It was awfu' nice. It would raley garred ye think ye was amon' braw fowk. I was juist sittin' admirin't when Aleck says, "Ay, then, are ye a' ready? "

We had to hover a blink till Mistress Mikaver ran ben the hoose for a knife to Mey Mershell.

"Mester Bowden 'ill say the grace noo, " says Aleck; an' Sandy was on his feet like the shot o' a gun, hostin' to clear his throat. I dreedit he wud mak' a gutter o't somewey or ither, an' so I keepit my een open. Sandy shut his, an' so did a' the rest. He leaned forrit an' spread oot the muckle clunkers o' hands o' him on the tap o' the peat o' a big roobarb tert. "O Lord, " was a' the len'th he'd gotten, when in he gaed, up near to the elbas amon' the het roobarb; an' by a' the skoilin' an' roarin' ever I heard, there never was the like! A gey grace it was, I can tell ye! It'll no' be the morn nor next day 'at I'll forget it. He roared an' yowled like I kenna what, an' black-gairded reed-het roobarb terts, till I thocht he wudda opened the very earth.

"O, haud your tongue, Sandy Bowden! " I cried, my very heid like to rive wi' his yalpin'.

"Haud my tongue? " says he. "Hoo can I haud my tongue, an' my airms stewin' amon' boilin' jeelie? "

Juist at this meenit Aleck aff wi' Sandy's coat syne he but the hoose wi' him an' garred him shove his airms ower the heid in his mither's floor pock. It deidened the pain in a wink, an' efter a whilie we got the airms rowed up. I cudna gae ben to bid the ither fowk guid-nicht, my hert was that sair; an' Sandy was hingin' his heid like a sick dog. Puir man, he has mibby mair than me to thole; but I wudda gien a five-pound note 'at I hadna left my ain hoose this nicht. I'll awa' to my bed, for my hert's perfeckly i' my moo.

IX.

THE GREAT STORM OF NOVEMBER, 1893.

Eh, sirce me, what a nicht we had on Setarday mornin'! O, haud your tongue! Though I should live lang eneuch to bury Sandy Bowden, an' hae a golden weddin' wi' my second man, I'll never forget it. It mak's me shaky-trimilly yet to think aboot it. Sandy's gaen aboot wi' a' the hair cut aff the back o' his heid, an' fower or five strips o' stickin' plester battered across his scawp. He got an awfu' mishap, puir man. I thocht his heid was a' to smash, but, fortunately, it turned oot fully harder than the biscuit tin it cam' into contact wi'.

It would be aboot ane o'clock or thereaboot when Sandy gae me a daud wi' his elba that garred me a' jump. I had an awfu' busy day on Friday; an' I was sleepin' as soond's a tap.

"'Oman, " says he, "there's something fearfu' gaen on doon the yaird somewey. Wud that be the Dyed Wallop an' her man fechtin', or what i' the world's earth can it be? Harken, Bawbie! Did you ever hear sic yawlin'? "

"Bliss me, Sandy man, " says I, "that's the wind soochin' throo the trees in the banker's gairden, an' fizzin' in amon' the pipes o' the water barrels. It's shurely an awfu' nicht o' wind. "

Juist at this meenit you wudda thocht the very deevil himsel' had gotten grips o' the frame o' oor winda. He garred it rattle like the thunder at Hewy White's theatre; then he yawled, an' hooed, an' growled like five hunder cats an' as mony dogs wirryin' them, an' a' the fowk 'at echt them fechtin' at the same time. This feenisht up wi' a terrific yawl; an' Sandy dived doon in ablo the claes.

"Ye fear'd nowt, " says I, "what are ye fleein' awa' doon there for? Ye'll hae my feet sterved to death wi' cauld. Lie up on your pillow an' lat the claes doon to the fit o' the bed. "

For a hale strucken 'oor this gaed on, an' sometimes I akwilly thocht I fand the bed shakin'. Oor birdie (he hings at the winda) began to wheek-wheek wi' fear, an I wanted Sandy to rise an' tak' the puir cratur doon.

"The feint a-fear o' me, " says he, the hertless skemp 'at he is. "If you want the canary i' the bed aside you, you can rise an' tak' him doon yersel'. "

I raise an' took the puir craturie doon, an' hang him up on the ither side o' the room; an, ' mind ye, ye wud raley thocht the bit beastie kent, for it gae a coodie bit cheep or twa, an juist cooered doon to sleep again. Juist as I was gaen awa' to screw doon the gas, it gae twa or three lowps, an' oot it gaed; an' afore I kent whaur I was, there was a reeshilin' an' rummelin' on the ruif that wudda nearhand fleggit the very fowk i' the kirkyaird. I floo to my bed, an' in aneth the claes, an' lay for a meenit or so expectin' the cuples wud be doon on the tap o's, an' bruze baith o's to pooder. Efter the rummelin' haltit, I fand aboot wi' my fit for Sandy; but he wasna there.

"Preserve's a', " says I, heich oot, "whaur are ye, Sandy? Are ye there? What's come ower ye? Are ye deid? "

"I'm here, Bawbie, " says a shiverin' voice in aneth the bed. "I'm here, Bawbie. Ye'll hear Gabriel's tuter juist i' the noo. O, Bawbie, I've been a nesty footer o' a man, an' ill-gettit scoot a' my days. I wiss I cud juist get hauds o' the Bible on the drawers-heid, Bawbie. Did ye hear the mountins an' the rocks beginnin' to fa'? "

"Come awa' 'oot ablo there, Sandy, " I says, says I, "an' no' get your death o' cauld, an' be gaen aboot deavin fowk wi' you an' your reums. The mountins an' rocks is the brick an' lum-cans aff Mistress Mollison's hoose, I'm thinkin'. " An' I cudna help addin' — "It's ower late to be thinkin' aboot startin' to the Bible efter Gabriel's begun to blaw his tuter, Sandy. Come awa' to your bed! "

Sandy got himsel' squeezed up atween the bed an' the wa'; an' at ilky hooch an whirr 'at the wind gae he wheenged an' groaned like's he was terriple ill wi' his inside; an' aye he was sayin', "I've been a lazy gaen-aboot vegabon', an' ill-hertit vague. O dear, Bawbie, what'll we do? "

I cam' to mysel' efter a whilie, an' raise an' tried the gas, an' it lichtit a' richt. The wind was tearin' an' rivin' at the ruif at this time something terriple. "We'll go doon the stair, Sandy, " says I; an' I made for the door.

"For ony sake, Bawbie, " roared Sandy oot o' the bed, "wait till I get on my breeks. If ye lave me, I'll g'wa' in a fit — as shore's ocht. "

We got doon the stair an' I lichtit the fire an' got the kettle to the boil, an' we sat an' harkined to the wind skreechin' doon the lum, an' groanin' an' wailin' amon' the trees ower the road, an' soochin' roond aboot the washin'-hoose. I raley never heard the marrow o't. The nicht o' the fa'a'in' o' the Tay Brig was but the blawin' oot o' a can'le aside it. I' the middle o' an awfu' sooch there was a fearfu' reeshil at oor door, an' Sandy fair jamp aff his chair wi' the start.

"A'ye in, Sandy? " cried Dauvid Kenawee, in a nervish kind o' a voice.

I awa' an' opened the door, an' here was Dauvid an' Mistress Kenawee — Dauvid wi' his pints wallopin' amon' his feet, an' his weyscot lowse, an' Mistress Kenawee juist wi' her short-goon an' a shallie on.

"This is shurely the end o' the world comin', " said Mistress Kenawee, near greetin'. "O dear me, I think something's genna come ower me. "

"Tuts 'oman, sit doon, " says Dauvid, altho' he was in a fell state aboot her. I cud see that brawly.

The sicht o' the puir wafilly budy akinda drave the fear awa frae me; an' I maskit a cup o' tea, an' crackit awa till her till we got her cowshined doon. Their back winda had been blawn in, and Dauvid had tried to keep oot the wind wi' a mattress; but the wind had tummeled baith Dauvid an' the mattress heels ower gowrie, an' the wife got intil a terriple state. They cudna bide i' the hoose ony langer, an' i' the warst o't a', they cam' awa through a shoer o' sklates, an' bricks, an' lum-cans, an' gless, to see if we wud lat them in.

I garred Sandy pet on a bit ham, and drew anower the table, and tried to keep them frae thinkin' aboot it; but at ilka whizz an' growl the wind gae, baith Sandy an' Mistress Kenawee startit an' took a lang breath.

I'm shure we hadna abune a moofu' o' tea drucken, an' Sandy was juist awa' to tak' aff' the ham, when the fryin' pan was knockit ooten

45

his hand, an' doon the lum cam' a pozel o' bricks an' shute that wudda filled a cairt. Sandy fell back ower an' knockit Mistress Kenawee richt i' the flure. The ham dip gaed up the lum in a gloze, an' here was Sandy an' Dauvid's wife lyin' i' the middle o' a' the mairter o' rubbitch. Mistress Kenawee's face, puir thing, was as white as a cloot; but Sandy's was as black as the man More o' Vennis, the bleckie that smored his wife i' the theatre for carryin' on wi' a sodger.

What a job Dauvid an' me had gettin' them roond. We poored a drappie brandie doon baith their throats; an' Sandy opened his een an' says, "Ay; I've been an awfu' blackgaird; I have that! " He had come doon wi' the back o' his heid on a biscuit tin fu' o' peyse meal, an' had smashed the tin an' sent the meal fleein' a' ower the hoose. But the cratur had gotten an awfu' tnap on the back o' the heid, an' he was bluidin' gey sair. Gin daylicht brook, Dauvid an' me had gotten the twa o' them akinda into order, and Sandy was able to open the shop. He had an awfu' ruggin' an' tuggin' afore he cud get the door to open; an' he cam' into me an' says, "Dod, Bawbie, I think the hoose has gotten a terriple thraw. The shop door 'ill nether go back nor forrit! "

I gaed oot to see what was ado. Eh, sirce, if you had only seen oor street! The beach ootby at the Saut Pan, whaur there's a free coup for rubbitch, was naething till't! It juist mindit me o' the picture, in oor big Bible, o' Jerusalem when the fowk cam' back frae Babylon till't — it was juist a' lyin' a cairn o' lowse steens an' half bricks.

There's neen o's 'ill forget Friday nicht in a hurry, or I'm muckle misteen.

My Man Sandy

X.

SANDY AND HIS FAIRNTICKLES.

There's twa things Sandy Bowden's haen sin' ever I got acquant wi' him — an' that's no' the day nor yesterday — that's fairntickles an' cheepin' buits. I never kent Sandy bein' withoot a pair o' 'lastic-sided buits that gaed squakin' to the kirk like twa croakin' hens. I've seen the fowk sometimes turn roond-aboot in their seats, when Sandy cam' creakin' up the passage, as gin they thocht it was a brass-band comin' in. But Sandy appears to think there's something reverint an' Sabbath-like in cheepin' buits, an' he sticks to them, rissen be't or neen. I can tell ye, it's a blissin' there's no' mony mair like him, or we'd hae gey streets on Sabbath. The noise the maitter o' twenty chields like Sandy cud mak' wi' their buit soles wud fair deave a hale neeperhude.

Hooever, it wasna Sandy's buits I was to tell you aboot; it was my nain. But afore I say onything aboot them, I maun tell you aboot the fairntickles. As I was sayin', Sandy's terriple fairntickled aboot the neck an' the sides o' the nose, an' oor lest holiday made him a hankie waur than uswal. He's a gey prood mannie too, mind ye, although he winna haud wi't. But I can tell you it's no a bawbee-wirth o' hair oil that sairs Sandy i' the week. But that's nether here nor there.

Weel, Sandy had been speakin' aboot his fairntickles to Saunders Robb. Saunders, in my opinion, is juist a haiverin' auld ass. He's a hoddel-dochlin', hungert-lookin' wisgan o' a cratur; an', I'm shure, he has a mind to match his body. There's naethin' he disna ken aboot — an', the fac' is, he kens naething. He's aye i' the wey o' improvin' ither fowk's wark. There's naethin' Saunders disna think he could improve, excep' himsel' mibby. I canna be bathered wi' the chatterin', fykie, kyowowin' little wratch. He's aye throwin' oot suggestions an' hints aboot this and that. He's naething but a suggestion himsel', an' I'm shure I cud of'en throw him oot, wi' richt gude will.

Weel, he'd gien Sandy some cure for his fairntickles, an' Sandy, unbekent to me, had gotten something frae the druggie an' mixed it up wi' a guid three-bawbee's-wirth o' cream that I had in the upstairs press. He had rubbit it on his face an' neck afore he gaed till his bed; but he wasna an 'oor beddit when he had to rise. An' sik a sicht as he was! His face an' neck were as yellow's mairyguilds, an' yallower; an' though I've taen washin' soda, an' pooder, an' the very scrubbin' brush till't, Sandy's gaen aboot yet juist like's he was noo oot o' the yallow fivver an' the jaundice thegither.

"Ye'll better speer at Saunders what'll tak' it aff, " says I till him the ither mornin'.

"If I had a grip o' Saunders, I'll tak' mair than the fairntickles aff him, " says he; an' faigs, mind you, there's nae sayin' but he may do't; he's a spunky carlie Sandy, when he's raised.

But, as far as that's concerned, I'm no' sorry at it, for it'll keep the cratur awa' frae the place. Sin' Sandy put that sofa into the washin'-hoose, him an' twa-three mair's never lain oot o't. Lyin' smokin' an' spittin' an' crackin' aboot life bein' a trauchle, an' so on! I tell you, if it had lested muckle langer, I'd gien them a bucket o' water sweesh aboot their lugs some day; that's juist as fac's ocht.

But I maun tell you aboot my mischanter wi' my noo buits. I'm sure it has fair delighted Sandy. He thinks he's gotten a hair i' my neck noo that'll haud him gaen a while. He was needin't, I can tell you. If ilky mairter he's made had been a hair in his neck, I'll swag, there wudna been room for mony fairntickles.

Weel, I gaed awa' to the kirk lest Sabbath — Sandy, of coorse, cudna get oot wi' his yallow face an' neck. He had a bran poultice on't to see if it wud do ony guid. I canna do wi' noo buits ava, till I've worn them a while. I pet them on mibby to rin an errand or twa, till they get the set o' my fit, an' syne I can manish them to the kirk. But I canna sit wi' noo buits; they're that uneasy. I got a noo pair lest Fursday, an' tried them on on Sabbath mornin'. But na, na! Altho' my auld anes were gey binkit, an' worn doon at the heels, I juist put them on gey hurried, an' aff I set to the kirk, leavin' Sandy to look efter the denner.

I was feelin' akinda queerish when I startit; but I thocht it was juist the hurry, an' that a breath o' the caller air wud mak' me a' richt. But faigs, mind ye, instead o' better I grew waur. My legs were like to double up aneth me, an' my knees knokit up acrain' ane anither like's they'd haen a pley aboot something. I fand a sweit brakin' oot a' ower me, an' I had to stop on the brae an' grip the railin's, or, it's juist as fac's ocht, I wudda been doon i' the road on the braid o' my back. I thocht I was in for a roraborialis, or some o' thae terriple diseases. Eh, I was feard I wud dee on the open street; I was that! Mysie Meldrum noticed me, an' she cam' rinnin' to speer what was ado.

"I've taen an awfu' dwam, Mysie, " says I. "I think I'm genna dee. Ye micht juist sit doon on the railin's aside's till the fowk be by. "

"I think we're aboot the henmost, Bawbie, " says she. "We're gey late; but I'll bide aside you, lassie. "

We sat for the maitter o' ten meenits, an' I got akinda roond, an' thocht I wud try an' get hame. Mistress Kenawee had putten on her tatties an' come oot for a dander a bittie, an' noticed the twa o's; so she cam' up, an' I got her airm an' Mysie's, an', though it was a gey job, we manished to get hame. An' gled I was when I saw Sandy's yallow nose again, I can tell ye, for I was shure syne I wud dee at hame amon' my nain bed-claes.

"The Lord preserve's a'! " says Mysie when she saw Sandy. "What i' the name o' peace has come ower you? I'll need to go! I've Leeb's bairns at hame, you see, an' this is the collery or the renderpest or something come ower you twa, an' I'm feard o' smittin' the bairns, or I wudda bidden. As shure's I live, I'll need to go! " an' she vanisht oot at the door wi' a face as white's kauk.

"I think I'll rin for the doctor, Bawbie, " said Mistress Konawee. She kent aboot Sandy's fairntickles afore, of coorse, an' Sandy's yallow fizog didna pet her aboot.

"Juist hover a blink, " says I, "till I see if I come to mysel'. "

I sat doon in the easy-chair, an' Sandy was in a terriple wey aboot me. He cudna speak a wird, but juist keepit sayin', "O dinna dee, Bawbie, dinna dee; your denner's ready! " He lookit me up an' doon, an' then booin' doon till he was for a' the world juist like a half-steekit knife he roars oot, "What's ado wi' your feet, Bawbie? Look at them! Your taes are turned oot juist like the hands o' the tnock, at twenty meenits past echt. You're shurely no genna tak' a parrylattick stroke. "

I lookit doon, an' shure eneuch my taes were turned oot an' curled roond like's they were gaen awa' back ahent my heels. Mistress Kenawee got doon on her knees aside me.

"Preserve's a', Bawbie, " says she; "you have your buits on the wrang feet! Nae winder than your knees were knokin' thegither wi' thae auld worn-doon heels turned inside, an' your taes turned oot. "

But I'll better no' say nae mair aboot it. I was that angry; and Mistress Kenawee, the bissam, was like to tnet hersel' lauchin'; but; I ashure ye, I never got sik a fleg in my life — an' sik simple dune too, mind ye.

XI.

SANDY STANDS "EMPIRE" AT A CRICKET MATCH.

I was sittin' on Friday nicht, readin' awa' at some bits o' the *Herald* I didna get at on Fursday, when the shop door gaed clash back to the wa', an' in hammered fower or five bits o' loons a' at the heels o' ane anither. When they saw me, they stood stock still, dichtin' their noses wi' their jeckit sleeves, an' glowerin' like as mony fleggit sheep.

"Go on, Jock, " says ane o' them, gien anither ane a shuve forrit. "You're the captain; speak you. "

Jock gae a host, an' syne layin' his hand — a gey clorty ane it was — on the coonter, an' stanin' on ae fit, he says — "Isyin? "

"Wha micht he be? " says I.

"Sandy, " said the captain.

"What Sandy? " says I.

"No, " said ane o' the birkies ahent; "your Sandy — Sandy Bowden. "

"Ay, he's in, " says I; "but you shud mind an' gie fowk their richt names when ye're seeking them. Ye micht hae smeddum enough to say Mester Bowden, or Alexander Bowden. Your teacher michta tell't ye that. "

I gaed awa' doon the yaird to get Sandy, an' juist as I was gaen oot at the back door I heard ane o' the sackets sayin', "What's she chatterin' aboot? She ca's him Sandy hersel'; I've heard her of'en. " Did ever ye hear what impident young fowk's gettin' noo-a-days? It's raley terriple. When I was young, if I'd sen the like o' that, I'd gotten a smack i' the side o' the heid that wudda garred the wa' tak's anither.

"Oo, ay, " says Sandy, when I tell't him. "That'll be the lads frae the Callyfloor C. C. They said they were mibby genna look yont the nicht. "

He cam' up an' took the loons to the back shop, an' I heard them sayin' they wantit him to be empire at their match wi' the second eleven o' the Collie Park. There was a fell kurn fowk cam' into the shop, an' I didna hear nae mair; but efter a whilie Sandy cam' to the door wi' the laddies, an', gien his hand a wave, he says to them, as they were gaen awa; "A' richt than; three sharp; I'll do my best. "

"What's this noo? " says I. "Nae mair o' yer fitba' pliskies, I howp. "

"Oh no, " says Sandy. "That's a deputation frae the Callyfloor C. C. I gae them a tume orange box a week or twa syne to haud their bats an' wickets, an' they made me their pattern. "

"A gey queer pattern, " says I, wi' a lauch. "Faigs, Sandy, if they shape themselves efter your pattern, their mithers an' wives — if ever they get that len'th — 'ill lose a hankie o' sleep wi' them, I'm thinkin'. "

"Auch, Bawbie, ye're juist haverin' like some auld aipplewife, " says Sandy. "That's no' the kind o' pattern I mean; " an' awa' he gaed for the *Herald* an' turned up a bit noos I never noticed, sayin' that "Alexander Bowden, Esq., had been elected patron of the Cauliflower C. C., and had contributed handsomely to the funds of the club. "

"Oo ay! I see, " says I. "An' what did you handsomely gie to the funds o' the club? "

"O, that's juist the orange box, " says Sandy. "But they want me for empire the morn's efternune. They're genna play the second eleven o' the Collie Park C. C. a match at bat an' wickets on the Wast Common. It'll be a rare affair. Ye micht get Mistress Kenawee to look efter the shop for an 'oor or twa, an' come ootbye, Bawbie. "

Ay, weel, to mak' a lang story short, Sandy an' me got ootbye to the Wast Common on Setarday efternune; an' awa we gaed up to a corner o' the Common whaur there was aboot a hunder loons gaithered. The loonie that they ca'd the captain cam' forrit. He was berfit, an' had his jecket an' weyscot aff, an' his gallaces lowsed i' the front an' tied roond his weyst.

"We've won the toss, Sandy, " says he, "an' the Collie Park's genna handle the willa first. We've sent them in to see what they'll mak'. "

Sandy took me up the brae a bit, an' I got set doon on the girss wi' Nathan aside me. I took him wi's juist to explain the match, d'ye see, an' aboot the bats an' wickets, an' sic like, an' so on, because I'm no' juist acquant wi' a' the oots an' ins o' the thing. A lot o' the loons gathered roond an' lay doon on the girss, an' they keepit their tongues gaen to the playin', I can tell ye. Ye wudda thocht they kent mair aboot cricket than the loons that were playin'.

Weel, the match got startit. They set Sandy at the end nearest the dyke; an', faigs, he lookit gey weel, mind ye. The captain loonie wirks at the heckle-machines, an' he'd gotten a len' o' the second foreman's white canvas coat, an' gae't to Sandy. It was to keep his shedda oot ahent the bailer's airm, Sandy said; but it didna appear to mak' ony difference to his shedda. It was juist in the auld place, as far as I cud see.

Very weel, than, the match began, as I was sayin', an' a'thing gaed richt eneuch for a little. The Collie Park lads did fine for a while, but some o' them didna get so lang strikin' the ba' as ithers, an' they began to roar cheek.

"Noo, Batchy, " said some o' them, as a gey mettled-lookin' loon got the bat, "strik' oot. Lat's see ye knokin' the colour oot o' Snapper Morrison's ballin'. "

Sal, mind ye, an' Batchy wasna lang o' doin' that. He shut his een, an' hit sweech at the ba', an' awa' it gaed sailin' ower the dyke.

"Well away, " roared the loons roond aboot me. "That's a sixer. Play up, Batchy! "

Batchy spat in his hands, an' set himsel' up for the next ba'. He lut drive at it, but missed, an' doon gaed his wickets. Ye never heard sic a row.

"A bloomin' sneak! " roared a' the laddies aside me thegither. "Dinna gae oot, Batchy. It rowed a' the road. "

There was an awfu' wey-o-doin', an' aboot fifty laddies roond Sandy, a' yalpin' till him at ae time. Efter a lang laberlethan, the bailer got three shies at Batchy's wickets, because he tried to het what they ca'd a sneak. But he missed ilky time, an' syne Batchy wallapit the ba' a' ower the Common, an' floo frae end to end o' the wickets like's he wasna wyse. It was gey slow wark for Sandy though, an' I think he had gotten tired, for the laddies roond aboot me began to say, "There was thirteen ba's i' that lest over; I think Sandy Bowden's dreamin', " an' so on. I think mysel' Sandy had been doverin', for the ba' hut Batchy's wicket, an' every ane o' the loons playin' gae a yowl at the same meenit — "How's that? " Sandy near jamp ootin his white coat wi' the start; an', takin' till his heels, he was a hunder yairds doon the Common afore ane o' the laddies grippit him by the tails, an' speered whaur he was fleein' till.

"I was gettin' hungrie, " says Sandy. "I was gaen ower to the toll for a biskit. " That was a lee; for he tell'd me efter, he dreedit, when he heard the roar, that it was ane o' Sandy Mertin's ki gane wild; an' he took till his heels, thinkin' it was efter him.

"That bloomin' empire's a pure frost, " I heard some o' the loons sayin'. "He canna coont; an' noo he's genna stop the match 'cause he's hungrie. Wha ever heard o' an empire gettin' hungrie? "

Sandy got back till his place, an' the match gaed on. "Over comin' up, " said the ither empire forby Sandy; an' the laddie that was ballin' says, "Ay weel, than, I'm genna see an' get wid. " He gae his arm an awfu' sweel roond, an' instead o' sendin' the ba' to the wickets, it gaed spung ower an' hut Sandy a yark i' the side o' the heid.

"There's wid, " said the ither empire; "but it's no' a wicket for a' that. " Sandy was springin' aboot wi' his heid in his oxter, an' a' the laddies roarin' and lauchin' like to kill themsel's.

I was ance genna gae doon an' tak' him awa' hame; but I thocht it micht look raither queer, so I lut him aleen for a little. The captain loonie began to ball, an' a gey wild-lookin' bailer he was. The Collie Park's henmost man — he was a little berfit craturie wi' nicker-buckers an' a straw hat — was in, an' the captain gae him an awfu' crack below the knee wi' the ba'.

"How's that? " he yowled at Sandy.

"Man, I believe that's fell sair, " says Sandy, rubbin' the swalled side o' his heid.

My Man Sandy

A' the loons startit to the lauchin', an' the captain roars again, "Ay, but how is't? "

"Ye can easy see how it is, " says Sandy. "The ba' strack him a yark on the kut. "

There was mair lauchin', an' I saw Sandy was gettin' raised.

"Is't l — b — w., ye stewpid auld bloit? " said the impident little wisgan o' a captain, stickin' himsel' up afore Sandy.

"I'll l — b — double you, " says Sandy, "if ye gie me ony o' your chat, ye half-cled horn-goloch 'at ye are"; and he took the sacket a kleip i' the side o' the heid wi' his open luif that tummeled him ower the tap o' the wickets like a puckle rags. In half a meenit a' the hunder laddies were round Sandy, an' him layin' amon' them wi' ane o' their ain wickets.

I'll swag the Gallyfloor C. C. got something frae their pattern lest Setarday efternune that they'll no forget in a hurry. Some men on the Common cam' doon an' shoo'd the loons awa' frae pappin' Sandy wi' duds, an' we got hame withoot any farrer mishap; but a' forenicht I heard Sandy wirrin' awa' till himsel', an' sayin' ilky noo an' than — "Ill-gettit little deevils; an' me gae them an' orange box too! "

Nathan cam' in juist afore I shut the shop, an' tell'd Sandy that there had been an' awfu' row on the Common. "Some o the lads i' the Callyfloor, " said Nathan, "were blamin'the captain for gien you cheek, an' said the wallop i' the lug he got saired him richt. So he got on his jeckit an' his buits, an' got a haud o' the best bat an' the ba', an' then he roars a' his micht, 'The club's broken up. ' You never saw sic a row as there was. Willy Mollison's i' the club, an' he's gotten three bails an' a wicket. That's better gin naething. I nailed twa o' the bails till him out o' Tarn Dargie's pooch, when he was fechtin' wi' the captain. Snapper Morrison didna get onything; but he ower the Common dyke an' in the road; an' when I was comin' hame I saw him leggin' in the Loan wi' the orange box on his heid. He had nabbit it oot o' Tooties' Nook, whaur they keepit their bats an' wickets. It's a gude thing they're broken up at onyrate. I'm in the Collie Park, an' they're the only club that cud lick his lads. "

"O, that's a' richt, " says Sandy; an' awa' he gaed, as pleased as you like. When I dandered doon the yaird to get a breath o' fresh air, efter I shut the shop, here's him tumblin' catmas, an' stanin' on his heid i' the middle o' the green, gien Nathan an' twa or three ither loons coosies! Did you ever hear o' sic a man?

XII.

A DREADFUL DISASTER IN THE GARRET.

I'm shure I needna trauchle to haud in aboot the bawbees! That man o' mine wud ramsh an' hamsh an' fling awa' mair than I cud save although I was a millionaire. Nae farrer gane than lest nicht I heard some ongaens up the stair. What's he up till noo? thinks I to mysel'. Ye ken our garret? It's a anod bit roomie, an' we sleep up there i' the simmer nichts, for the doonstair room gets that het an' seekrif, I canna fa' ower ava sometimes. So I have the garret made rale snod an' cosie. There's a fine fixed-in bed, an' I have the room chairs I got when my Auntie Leeb de'ed, wi' a tidie or twa ower them, an' an auld-fashioned roond tablie 'at I bocht at a rowp — ane o' thae anes that cowps up an' sets back to the wa' when you're no' needn't. Auntie Leeb left me her big lookin' gless too. Ye mind she had a shooster shopie at the fit o' Collie Park, an' she had a big lookin' gless for her customers seeing hoo their frocks fitted. Ay weel than, I set the gless juist up again' the wa' at the end o' the garret, firnent the fireplace an' it made the roomie real cantie an' cheerie lookin'.

When I heard the din Sandy was makin', I goes my wa's up the stair on my tiptaes. It was juist upo' the stroke o' nine o'clock, an' I was juist noo dune shuttin' the shop. The door was aff the snib; an', keep me, when I lookit in, here's Sandy wi' an Oddfella's kilt an' a bushbie on, an' his ilky-day's claes lyin' in a pozel on the table. I kent the kilt whenever I saw't; it was the ane Dauvit Kenawee wears in the Oddfellas' processions. Sandy was berfit, an', I'm shure, if ye'd seen him! Haud your tongue! Ye never saw sic a picture. I suppose he'd taen aff his buits no' to mak' a noise.

Ay weel, here he was wi' a bawbee can'le stuck up again' the boddom o' the lookin'-gless, an' him maleengerin' aboot i' the flure afore't, wi' the shaft o' the heather bissam in his hand, whiskin't roond his lugs, progin' aboot wi't, an' lowpin' here an' there like a hen on a het girdle. He croonshed doon, an' jookit frae side to side, an' then jamp straucht up an' lut flee at something wi' the bissam shaft. Syne he stack the end o' the stick i' the flure, an' bored an' grunted like's he was rammin't through a pavemint steen.

"That's anither settle't, " says he, pullin' up his stick; an' gie'n't a dicht wi' the tails o' his kilt; syne makin' a kick at something wi' his berfit fit — "Let us do or die, " says he; "Scots wha hae; Wallace an' Bruce for ever; doon wi' every bloomin' Englisher; rip them up; koo-heel! " Then he whiskit half-roond aboot, an' lut flee at a seckie o' caff I had sittin' in a corner. "Come on, Mick Duff; every deevil o' ye! Change your slaverie, " he says akinda heich oot, an' then he lut yark at the seek again an' missed, an' made a muckle hole i' the plester.

He stoppit an' harkin't for fear I'd heard the stishie he was makin'. I never lut dab, but keepit juist as quiet's pussy.

"Auch, she's i' the shop, " he says heich oot; an' then he floo back an' forrit, fencin' an' jookin', an glowerin' at himsel' i' the lookin'-gless; an' girnin' his teeth like a whitterit. I raley thocht the man had gane sketch. He made a sweech wi' the bissam shaft 'at garred the licht o' the can'le waggle frae side to side. Syne he straughtened himsel' up afore the gless, an', touchin' the ruif wi the point o' his stick, he says, "Viktory, viktory! Bannockburn is wun. Hooreh! Hooreh! "

Juist at this meenit there was a rare like's fifty thunderbolts had burst in Kowper Collie's auld-iron yaird. You never heard sic a soond. It was like the crack o' a hunder cannon; an' in an instant a' was dark, an' there was a reeshil o' broken bottles that garred me think there had been an earthquake i' the back shop. Doon the stair I floo; but, afore I was half-roads doon, Sandy jamp clean on my back — kilt, bushbie, an' a'thegither. Doon I gaed like a rickel o' auld beans, an' Sandy ower the tap o' me, heels-ower-gowrie. When I cam' to mysel', here's Sandy lyin' streekit oot on his face i' the middle o' a box o' Hielant eggs that I'd juist noo opened. The strap o' the bushbie was roond his thrapple, an' was juist aboot stranglin' him, when I cut it wi' the ham knife. Then he akinda half-turned roond, an' says he, "O Bawbie! I'm deid. There's a bomshall gane throo my backbeen. "

"Rise up, " says I, "there's mair than you deid. There's twal' or fifteen dizzen o' gude eggs bruist to bits. Whatever 'ill I do? " He raise up; an' if ye'd only seen the sicht! It's as fac's ocht, it was eneuch to fleg the French. Never will I forget it while I draw breath. He lookit like some berfit tinkler wife that had been too, an' had t'a'in, ower the heid, intil a barrel o' yellow oker; an' stickin' on his weyst there was ane o' my winda tickets — "Just in To-Day. "

"O, Bawbie! " he wheenged, "gae up the stair an' see if the ruif's aye on. I think somebody's been hoddin' dianamite in oor garret. "

58

"When I gaed up the stair wi' a licht, what did I see but my Auntie Leeb's braw lookin'-gless a' to flinders i' the flure? The licht o' the can'le had burned up against it, an' riven't a' to pieces. When I turned roond, here's Sandy stappin' ooten his kilt, an' gaen awa' to pet on his troosers.

"Alick Bowden, " says I — an' my very hert was greit — "Alick Bowden" — I aye ca' him Alick when I'm angry — "this maun be the end o't. I canna thole nae mair. "'

"For ony sake, Bawbie, " he brook in, "dinna say naething the nicht, or I'll pushon or droon mysel'. I wiss I had been smored amo' thae eggs"; an' doon the stair he gaed, wi' his breeks in his oxter.

I juist had to g'wa' to my bed an' lat a'thing aleen, an' I ac'ually grat mysel' ower asleep. I didna ken o' Sandy comin' till his bed ava; an' when I raise i' the mornin' a' thing was cleared awa', an' the garret an' backshop a' sweepit an' in order, an' Sandy was busy i' the yaird hackin' sticks, an' whistlin' "Hey, Jockie Mickdonal', " juist's as gin naethin' had happened. He's been stickin' in like a hatter ever sin' syne, an' has a'thing as neat's ninepence; so I canna say a single wird. But is't no raley something terriple?

XIII.

SANDY AND BAWBIE'S SPRING HOLIDAY.

Spring holiday! Wheesht! I'll no' forget it in a hurry, I can tell you. But I never saw't different. Holidays are juist a perfeck scunner, as far as I've haen to do wi' them; an' as for the rest — I'm shure I'm aye tireder efter a holiday than at the tailend o' a hard day's wark. I'm juist a' sair the day wi' sittin' i' the train; an' yesterday nicht I cud hardly move oot o' the bit, I was that dune.

But I maun tell you the story frae the beginnin'. You've mibby heard me speak aboot Meg Mortimer's mither that used to bide at The Drum. Meg's in a big wey o' doin' noo in Edinboro; but I've seen the day, I'm thinkin'! Weel div I mind when her mither flitted ower frae Powsoddie. She cam' along to oor hoose to seek the len' o' twa kists, juist to gie her flittin' some appearance on the cairts. Ay did she, noo-na-na! What think ye o' that? They were as puir's I kenna what, an' mony a puckle meal did they get oot o' oor girnil, for Dauvid Mortimer was a nice man, altho' he was terriple hudden doon wi' the reums.

Weel, Meg gaed awa' to service, an' fell in wi' a weeda man wi' three o' a faimly. I can ashure you there's nae tume kists in her hoose noo. She has a big wey o' doin'. Her man's a kind o' heid pillydakus amon' a lot o' naveys, makin' railroads, and main drains, an' so on. He's made a heap o' bawbees. Mester Blair's his name. They bide in a big hoose doon about the Meadows in Edinboro, an' they have a big servant, and twa dogs; forby a bit lassockie to look efter the bairns.

Meg was throo seein' her fowk no' that lang syne, an' she wud hae me to promise to come throo wi' Sandy an' see them. She wudna hae a na-say. She was aye an awfu' tague for tonguein', Meg. I mind when she was but ten 'ear auld, me, that was saxteen or seventeen 'ear aulder, cudna haud the can'le till her. She was a gabbin' little taed. Weel, rizzen be't or neen, she fair dang me into sayin' I wud come wi' Sandy an' see her at the spring holiday; an' so we juist had to go.

Sandy gaed on juist like a clockin' hen a' Sabbath efternune an' nicht. He had the upstairs bed lippin' fu' o' luggitch that he was thinkin' o' takin' wi' him. A body wudda thocht he was settiu' aff for a crooze roond the North Pole, instead o' on a veesit to Edinboro. He was rubbin' up his buits, an' syne brethin' on them, an' rubbin' them up again, an' settin' himsel' back an' lookin' at himsel' in them. He's a prood bit stockie, Sandy, mind ye, when there's naebody lookin'. He had a' his goshore suit hung oot on the backs o' chairs a' roond the hoose. It lookit like's there was genna be a sale or a raffle or something.

He gaed doon to supper Donal' i' the forenicht, an' I took a dander awa' doon ahent him, juist to get a moof'u' o' caller air. When I landit at the stable door I heard Sandy speakin' to somebody. I took a bit peek in at the winda, an' here's Sandy merchin' aboot wi' the horse cover tied up in a bundle in ae hand, an' a stick i' the ither. He stoppit in the tume staw an' laid doon his bundle rale smert like; syne he lookit ower the buird to Donal', an' says, in an Englishy kind o' a voice, "Twa return tickets third-class an' back to Edinboro! " I saw syne what he was at! He was practeesin' seekin' the tickets at the station. Ow, ay; Sandy's like a' ither body! He's a gey breezie carlie when he's awa' frae hame, an' his dickie on!

Sandy had his uswal argey-bargeyin' in the train, an' I thocht ae man an' him, that cam' in at Carnoustie, wi' his wife, an' a pair o' nickerbucker breeks on, was genna t'a' to the fechtin' a'thegither. An' faigs, Sandy snoddit him geylies afore we got to Dundee.

There was a lot o' men' an' loons staiverin' aboot Carnoustie playin' at the gowf; an' Sandy says — "Look at thae jumpin'-jecks o' craturs wi' their reed jeckets on, like as mony organ-grinders' monkeys, rinnin' aboot wi' their bits o' sticks, wallopin' awa' at Indeen-rubber ba's. Puir craturs! "

Man, the chappie wi' the nickerbuckers got up in an awfu' pavey, an' misca'ed Sandy for a' the vagues — you never heard the like!

"Look ye hear, my bit birkie, " says Sandy, gien a gey wild-like wink wi' his richt e'e, "you speak when ye're spoken till! I dinna bather mysel' wi' paper-mashie peeriewinkles like the likes o' you; but if you gi'e me ony o' your sma' chat, man, I'll tak' an' thrapple you wi' that fowerpence-happeny-the-dizzen paper collar ye've roond the wizand o' ye. "

"Wud ye? " said the Carnoustie birkie, jumpin' till his feet.

The train gae a shoag juist at that meenit, an' he gaed doit ower on the tap o' Sandy, and brocht a tin box doish doon on his heid. He got a gey tnap, I can tell you. Sandy keepit his temper something winderfu', an' he juist quietly set doon Nickerbucker Tammie on the seat an' says, "Ay, loonie; juist you sit still there till your mither gie's your nose a dicht, an' ties your gartins; an' you'll get a piece an' jeely on't when the trainie stops. "

You never heard sic lauchin' as there was; an' Sandy's frien' lookit as gin he'd haen a dram, an' gotten an awfu' dose o' cauld. He didna say "guid-mornin'" when he gaed oot at the Toy Brig Station.

Sandy had twa-three mair pliskies atween Dundee an' Edinboro, but I hinna time to tell you o' them. Peety the man that starts to write Sandy's beebliographie. If he tells the hale truth, eksettera, he'll hae a gey job. The faimly Bible 'ill be like a heym-book aside the volum. They'll need to get up early i' the mornin' that reads Sandy's life, I tell you. The man that writes it 'ill never win to his bed ava.

Weel-a-weel, we landit at Edinboro, an Meg was waitin's, an' as mony bairns wi' her as wudda startit a raggit schule — although they were a' braw an' snod, I ashure ye.

"Keep me, Meg, " said Sandy, efter he'd shaken hands wi' her, "is thae a' your litlans? Dod, sic a cleckin! "

The ass that he is! I saw Meg chowl her chafts gey angry like, an' I took Sandy a doish i' the back wi' my umberell. "Say Mistress Blair, ye ill-mennered whaup atyar, " says I in his lug; an' he gleyed roond at me, an' says, wi' anither o' his vegabon'-like winks, "Ay; that's Wattie Scott's monniment, Bawbie. A great man, Wattie! It was him 'at wret Bailie Nickil Jarvie an' the Reed Gauntlet an' so on. He bade a fortnicht wi' Luckie Walker at Auchmithie. Bandy Wobster's grandfather sell'd him a dog when he was there. He was a fine man, Wattie. "

Meg an' the bairns an' me gaed into the cab, an Sandy, he wud be up on the dickey aside the driver. As I cudda tell'd afore he gaed up, he wasna there five meenits when he was nearhand at the fechtin' wi' the man aboot the wey he drave his horse. I was gled when we landit at Meg's hoose, for I was expectin' ilky meenit to see the cabby — he was an ill-faur'd, rossen-faced lookin' tyke — fling Sandy heels-ower-heid into the cab amon' the bairns — he was black-gairdin' the man's horse for an auld, hunger'd reeshil, an' praisin' up Donal' that terriple!

"Man, you've juist to lay the reinds on's back, an' he's awa' like the wind, " I heard him sayin'. "There's naething a' roond aboot can touch him. He can trot up the High Road wi' sasteen hunderwecht. He's a reg'lar topper! You should send that hunger'd-lookin' radger o' yours to Glesterlaw"; an' so on he gaed, an' the man girnin' an' skoolin' at him like a teegar.

When we cam' aff at the Meadows, Sandy gaed roond aboot the beast, chucklin' awa' till himsel' juist like watter dreepin' intil a tume cistern; but he keepit oot o' the reach o' the cabby's kornals. I expeckit to see him get roond the linders wi' them for his impidence.

"If you cam' to Arbroath wi' the like o' that, the Croolty to Animals wud grip you afore you was weel through the toll, " he says to the man. "You'll better g'wa' hame wi't as lang's it's het. If you lat that sharger cule, it'll stiffen up, an' you'll never get it oot o' the bit, till you bring a cairt for't. "

The cabby got his bawbees frae Meg, an' drave awa', gien Sandy a glower like a puttin' bull; but Sandy juist gae a bit lauch, an' cried, "Ta-ta! "

We got into the house. Eh, sic a place for stech! Haud your tongue! Really yon fair sneckit a'thing. Sandy could hardly get his hat aff for glowerin' aboot him; an' when he did get it aff, he handit it to ane o' the loons; an', afore you cudda sen Jeck Robison, they were oot at the back door scorin' goals wi't throo' atween the claes-poles on the green. Meg was at the hurdies o' them wi' a switch gey quick, an' sune had Sandy's lum hingin' aside his greatcoat in the lobby.

We wasna lang set doon when in cam' Meg's man. A brisk-lookin' fellah he is, I can tell you. He shook hands wi's as hearty's though we'd come to gie him a job; an' in five meenits, tooch, you wudda thocht Sandy an' him had never been sindered sin' they got on their first daidles. I'll swag, Meg's fa'in on hex feet, an' nae mistak'!

I'm shure I'm no complainin', but Sandy Bowden's been an unsatisfaktory man in mony weys; but, as the Bible says, we've a' a dwang o' some kind, an' if I hadna gotten Sandy, weel, I michta haen a drucken son, or a licht-heided dauchter. Wha can tell? We've a' a hankie mair than we deserve, nae doot. I ken I have onywey; but that's nether here nor there.

We were sittin' enjoyin' a crack, an' lookin' oot at the windas, watchin' the bairns in their coaches, an' the birds fleein' aboot as happy as crickets, huntin' for wirms amon' the young girss.

"The Meadows look very pretty i' the noo, " said Mester Blair. "The very birds enjoy the fresh green grass. "

"They do that, " put in Sandy. "It's a treat to see them, puir things. They are fond o' a bittie o' onything green. I tak' a bit dander oot the bunkers on a Sabbath mornin' whiles for a pucklie chuckin-wirth to Dickie, an' you wud really think the cratur kent. He gleys doon when I come in, as much as to say, 'C'way wi't, Sandy; I ken fine you have't in your pooch! '"

"Bawbie here winna believe me, " continued Sandy, gien Mester Blair a wink, "but I've tell'd her twa-three times that when I've gane doon the yaird i' the winter-time wi' my auld greatcoat — it's gettin' very green noo, but it was a bit guid stuff aince in its day — the birds 'ill come fleein' doon an' sit on the palin' aside me, an' wheetle-wheetle awa' for a whilie. It's queer; but that's the effek the green appears to hae on them. "

Mester Blair leuch till I thocht he wudda wranged himsel'. A richt hearty laucher he is. The lauch gaed a' ower him, an' you could hardly sen futher it was comin' oot o' his moo or his baits, there was that muckle o't.

Syne Sandy an' him got on to the crack aboot the tattie trade, an' you wudda thocht Sandy was genna tak' him in for a pairtner, he had that muckle to tell him.

"An' do you do much wi' the Americans? " said Mester Blair.

"I do a' their trade, " said Sandy. "There's only three o' them buys tatties in Arbroath noo. The ither twa's gey queer that wey; they get a'thing preserved in tins, frae aboot London they tell me. "

Mester Blair didna appear to understand Sandy, an' he speered, "Do you get cash again' Billy Lowden; or hoo d'ye get peyment? "

"If the bawbees is no' at the back o' the cairt, up goes the bawk, an' Donal' ca's awa, " says Sandy. "Na, na, neen o' your Billy Lowden tick for me. I believe in the ready clink. "

"Oh, I see, " said Mester Blair. "You get cash at the ship's side. That is the safe plan. "

"As you say, " said Sandy, "that's exakly Bandy Wobster's wey o' pettin't. I believe in the bawbees afore the tatties leave the back door o' the cairt. Short accounts mak' lang freends. "

"Do you do onything wi' the Continent ava? " said Meg's man.

"I travel a' ower the toon, " said Sandy, "frae Tootles Nook to Culloden, an' frae the Skemels to Cairnie Toll. It disna maitter a doakan to me wha I sell till. Seven pund to the half-steen, an' cash doon — thae's my principles; the same price, and the game turn o' the bawk, to gentle and simple. When the champions are gude I can manish twa load i' the day fine, an' if the disease keeps oot amon' them, they pey no that ill. "

Meg's man gey a kind o' a whistle in laich, an' I saw fine syne whaur he had tint himsel'. Meg had tell'd him Sandy was a tattie merchant, an' he'd been thinkin' Sandy had a big wey o' doin', an' sell'd tatties in shiploads an' so on. I saw the whole thing in a blink, but never lut wink, an' Sandy was fient a hair the better or the waur o' Meg's man's mistak'.

We got a grand denner — something specific. "This is a kind o' a haiver o' buff, Mistress Blair, " said Sandy, when we got set doon; but I gae him a kick throo ablo the table that garred him tak' his tongue atween his teeth.

I needna tell you aboot a' we got to eat; Sandy ate that hearty that he gaed oot to the simmer-seat efter, an' cud hardly steer oot o' the bit for half an 'oor. Really ilky thing was better than anither, an' we feenished up wi' ice-cream. Sandy took a gullar o't afore he kent, an' I think he thocht he was brunt, for he nippit up the water bottle, an' took a sweech o' cauld watter, an' then gae a pech like's he'd come ooten a fit. He was a' richt efter a whilie, but the cratur had over-eaten himsel', an' he was gey uneasy a' efternune.

My Man Sandy

Efter we got oor tea, Meg got the bairns a' beddit, an' then her an' her man, an' me an' Sandy set aff for the theater. It was a terriple grand theater, wi' as muckle gold hingin' roond aboot as wud mak' a' the puir fowk in Arbroath millionaires. We got a grand seat, an' a'thing gaed richt till near the feenish.

Mester Blair had what they ca' an opera gless wi' him, an' he handed it to me to look throo. Sandy in wi' his hand intil his greatcoat pooch, an' oot wi' his spygless, a great lang thing' like a barber's pole, that he wan at a raffle at the Whin Inn. There was a chappie deein' on the stage. He'd stuck himsel' wi' his soord, because a lassie wudna mairry him, an' he was juist lyin' tellin' a' the fowk aboot crooil weemin, an' peace in the grave, an' a'thing, when Sandy cockit up his spygless to hae a glower at him afore he gae his henmist gasp.

I saw the chappie gien a kind o' a fear'd-like start, syne he sprang till his feet an' roared, "Pileece, pileece! there's an anarkist an' a feenyin's bom in the theater, " an' took till his heels aff the stage.

You never saw sic a wey o' doin'. You speak aboot peace in the grave. There wasna muckle peace in the theater. We was a' winderin' what was ado, an' Sandy was busy peekin' roond wi' his spygless, when twa bobbies cam' fleein' anower an' grippit him an' roared till him to sirrender. I can tell you, he nearhand sirrendered ane o' the bobbies wi' the spygless. If it hadna been for Mester Blair gettin' a haud o' the wechty end o't, there wudda been a noo helmet, an' mibby a new bobby needed in Edinboro.

The row was a' ower in five meenits, when Mester Blair explen'd things; but if he hadna been wi's, I'm dootin' it wudda been a job. There was ane o' the great muckle dosent nowts o' bobbies cam' an' gowpit in my face, an' says, "D'ye think this ane's a woman? " I fand in ahent's for my umberell; but my chappie gaed his wa's gey quick, or I'd gien him the wecht o't across his nose. It was a gey-like wey o' doin' aboot naething; but efter we got hame an' had oor supper we forgot a' aboot it, an' spent a very happy 'oor or twa afore we gaed to oor beds.

XIV.

LOVE AND WAR.

Wudna you winder hoo some fowk grow aye the aulder the waur? You see Toon Cooncillors, for instance, gettin' less use the langer they keep their job; an' ministers — haud your tongue! If they're no' guid, they get mair an' mair driech the langer they preach; even their auld sermons, when they turn the barrel an' start at the boddom o' her, appear to get driecher than ever. It's juist the same wi' Sandy — the aulder he grows he gets the waur, till I raley winder what'll happen till him. He's richt sensible an' eident whiles; but when the fey blude gets intil his heid, an' he gets into the middle o' ony rig, he's juist as daft as the rochest haflin that ever fee'd.

When I heard the band on Setarday efternune, I threw the key i' the shop door, an' ran doon to the fit o' the street to see the sojers passin'. Wha presents himsel', merchin' in the front o' the band, but my billie, Sandy. There he was wi' a hunder laddies roond him, smokin' his pipe like's he was gettin' his denner ooten't, ane o' his airms up to the elba in his breeks' pooch, stappin' oot to the musik like a fechtin' cock, an' his ither airm sweengin' back an' forrit like the pendilum o' the toon's clock. To look at him you wudda thocht he was trailin' the band an' a' the sojers ahent him, he lookit that hard wrocht. He never saw me — not him! His e'en were starin' fair afore him; he wudna kent his ain tattie cairt, I believe, he was that muckle taen up wi' his merchin'.

He landit hame till his tea atween sax an' seven o'clock, stervin' o' cauld, but as happy's a cricket. "Man, Bawbie, " he says, as I laid a reed herrin' on the brander for him, "there's naething affeks me like sojers merchin' to musik. It juist garrs my backbeen dirl, an' I canna sit still. When they were doin' the merch-past this efternune, I had to up an' rin, or I wudda thrappilt some lad sittin' aside's. That's the wey it affeks me. I wudda gien a pound note juist to gotten a richt straucht-forrit fecht amon' them for half an 'oor. "

"You're juist like a muckle bubbly laddie, Sandy, " says I. "It's a winder you wasna awa' up the toon wi' them to see if ony o' the sojers wud lat you cairry hame their gun. I raley winder to see an auld tattie man like you goin' on like some roid loon. "

My Man Sandy

"That's a' you ken, Bawbie, " says he. "I ken mair aboot thae things than you, fully; an', though I am a tattie man, look at Abraham Linkin; he was waur than a tattie man to begin wi'; an' the Jook o' Wellinton — michty, he was born in Ireland; an' look what he cam' till! I tell you what it is, Bawbie, if they'd haen me at the battle o' Waterloo, you wudda heard anither story o't. I feel'd within mysel', that if I'd only haen the chance — see 'at that reed herrin's no' burnin' — I michta been a dreel sergint or a general — — "

"A general haiverin' ass, " I strak in. "See; there's your herrin'; poor oot your tea noo, an' haud your lang tongue. "

"Ow, weel-a-weel, " says Sandy, gey dour-like — he's as bucksturdie as a mule when he tak's't in's heid — "but we're no' deid yet, an' we'll mibby manish to garr some fowk winder yet, when a's dune. What's been dune afore can be dune again; the speerit o' Bannockburn's no' de'ed oot a'thegither. "

But I left the cratur chatterin' awa' till himsel', an' ran but to sair some fowk i' the shop. Did you ever hear o' sic a man? Dauvid Kenawee says Sandy's a kind o' a sinnyquanon; an' it's my opeenyin he's no' very far wrang, whatever that may mean.

As I was sayin', there's nae fules like auld fules. I put oot twa-three bits o' things on the green on Setarday forenune, an' I forgot a' aboot them till efter the shop was shut. It wud be nearhand twal o'clock when I ran doon for them. It was a fine nicht, but dreidfu' cauld. Juist as I was gaitherin' up the twa-three bit duds, I heard voices ower the dyke, an' I cudna but harken to see wha wud be oot at that time o' nicht. Fancy what I thocht when I heard Beek Steein's voice, that bides in Mistress Mollison's garret, sayin', "Eh, ay, Jeemie; it's an awfu' thing luve. I hinna steekit 'an e'e for twa nichts thinkin' aboot ye. "

Preserve's a', thinks I to mysel', this is Ribekka an' Jeems Ethart, the engine-driver. Jeems is a weeda man, an' Ribekka's like me, she's on the wrang side o' forty; but, faigs, on Setarday nicht you wudda thocht they were baith aboot five-an'-twenty.

"My bonnie dooie, " I heard Jeems say. A gey dooie, I says to mysel'. There's twal steen o' her, if there's a pund. It wud tak' a gey pair o' weengs to cairry Ribekka, I tell ye.

"A'ye genna gie's a kiss, Ribekka? " Jeems says after a whilie; an' Ribekka gae a bit geegle, an' then whispers laich in, "Help yoursel', Jeemie" — an' there they were at it like twa young anes.

I didna ken whuther to flee up the yaird, roar oot "feyre, " or clim' up on the dyke an' gie them a wallop roond the linders wi' my bits o' cloots. So I stud still.

The fient a ane o' them ever thocht there was a livin' sowl within fifty yairds o' them, an' they were crackin' an' kirrooin' awa' like a pair o' doos.

"Isn't a peety they dinna ca' me Izik? " says Jeems.

"Hoo d'ye think that? " said Ribekka.

"Cause it wudda lookit so fine — Izik an' Ribekka, d'ye see? " an' they nickered an' leuch like a' that.

"An' I wudda been Ribekka at the wall, " said Beek.

"Exackly, " said Jeems; "altho' this auld pump's hardly the kind o' wall they had in thae days. I hope there's nae horn-gollochs aboot it. "

"There's twal o'clock, " said Ribekka; "we'll need to be goin'. Gude-nicht, Jeems. See an' mind aboot me. Gude-nicht. "

"Gude-nicht, my ain bonnie lassie, " Jeems harken'd in till her. "Dinna be feared o' me forgettin' ye. I never lift a shuffle o' coals but, I think I see your face. Every puff o' the engine brings me in mind o' ye, Ribekka; an' when I sit doon to tak' my denner, I lat fa' my flagon whiles, I'm that taen up thinkin' aboot ye. "

"Eh, Jeems, you're codin' me noo! But gude-night! Eh, mind ye, it's Sabbath mornin'. "

"Gude-nicht, my bonnie lassie. Oh, Ribekka, you're sweeter gin heather honey. I wiss Sint Tammas Market was here, an' we'll be nae langer twa but wan. My bonnie dooie! Gude-nicht, my ain scentit geranum, " says Jeems.

I began to be akinda waumish, d'ye ken. The haivers o' the two spooney craturs juist garred me feel like's I'd taen a fizzy drink or something. You ken what I mean — the kind o' a' ower kittlie feelin' that's like to garr you screech, ye dinna ken hoo.

"Gude-nicht, Jeems, " says Beek again. "I'll never luve onybody but you. "

"Are your shure? " began the auld ass again; an' me stanin' near frozen to death wi' cauld, an' cudna get oot o' the bit.

"Never! " said Beek; "never! "

"Gude-nicht, than, dearie, an' see an' no' forget me. Will ye no'? "

"Ye needna be feared, Jeems. I luve you alone, an' nae ither body i' the wide, wide world. Gude-nicht, my Jeemie. "

"Gude-nicht, than, Ribekka, luvie. An' if you dinna forget — — "

But this was ower muckle for me; so I juist roared oot, "Gude-nicht, ye haiverin' eedeits, " as heich as I cud yawl, an' up the yaird at what I cud flee.

Sandy was beddit on the back o' ten o'clock, an' he was snorin' like a dragoon when I gaed up the stair. But when I got anower he jamp up a' o' a sudden, like's he'd gotten a fleg.

"Keep me, Bawbie, whaur i' the face o' the earth hae you been? " he says, wi' his een stanin' in's heid, an' drawin' in his breath like's a shooer o' cauld water had been skootit aboot him. "You've shurely been awa' at the whalin'. Bless me, your feet's as cauld's an iceikle. Keep them awa' frae me. "

Isn't that juist like thae men? Weemin can beat them in mony weys, I admit; but, for doonricht selfishness, come your wa's!

XV.

SANDY MAKES A SPEECH.

There's been great gaitherin's in oor washin'-hoose this while back — "Nochties-an'-Broziana, " Bandy Wobster ca'd the meetin's to Sandy. The ither Wedensday i' the forenicht — the shop was shut i' the efternune, of coorse; I'm a great believer i' the half-holiday, you see. I think it's a capital idea. It gi'es a body a kind o' a breath or twa i' the middle o' the week, an' it pits naebody aboot. The fowk juist come for their things afore you shut. It disna mak' a hair o' difference. If you didna open ava, they wud juist come the nicht afore.

Weel, but, as I was sayin', the ither Wedensday nicht I flang my shallie ower my heid, an' took a stap oot at the back door i' the gloamin'. It was a fine nicht, an' I sat doon on the simmer-seat at the gavel o' the washin'-hoose, an' heard the argey-bargeyin' gaen on inside. I stuid up an' lookit in at the bolie winda, juist abune whaur the skeels sit, an' here was Sandy an' his cronies a' busy crackin' an' smokin', an enjoyin' themselves i' the middle o' a great steer o' reek an' noise.

Juist as I lookit in, Bandy Wobster said something to Dauvid Kenawee, an' Dauvid raise, an' takin' his pipe oot o' his moo, says, "Order! I pirpose Mester Wobster to the chair. "

"Hear, hear, " said a' the rest; an' wi' that Bandy got up on the boiler-heid on his belly, an' turnin' roond, sat wi' the legs o' him hingin' ower the front o' the boiler, juist like a laddie sittin' on the dyke at the Common. Watty Finlay, the weaver, shuved anower a tume butter kit for Bandy to set his feet on, an' then a'body sat quiet, juist like's something was genna happen.

Bandy took a bit tarry string, or tabaka or something, ooten his breeks pooch, an', nippin' aff a quarter o' a yaird o't, he into his moo wi't. Syne he swallowed a spittal, an' said — "Freends an' fella ratepeyers. " Bandy never pey'd rates in's life. He bides in a twa-pound garret i' the Wyndies, an' hardly ever peys rent, lat aleen rates. "Freends an' fella ratepeyers, " says he.

Bandy was stan'in' up on the boddom o' the butter kit gin this time, an' a' the billies were harkenin' like onything.

"Freends an' fella ratepeyers, " says Bandy again. "See gin that door's on the sneck, Sandy, an' dinna lat the can'le blaw oot. "

Sandy raise an' put to the door, an' set the can'le alang nearer Bandy a bit, an' then sat doon i' the sofa again.

"I hinna muckle to say, " says Bandy. Bandy was brocht up in Aiberdeen, you ken, an' he has whiles a gey queer wey o' speakin'. "I hinna very muckle to say, you ken, " says he, "an' konsequently, I'll no' say very muckle. "

"Hear, hear, " roared Watty Finlay.

"The Toon Cooncil elections is leemin' in the distance, " continued Bandy, "an', as ceetizens o' the Breetish Empyre, we maun look oot for fit an' proper persons to reprisent the opinions o' the democracy in the Hoose o' — in the Toon Hoose, an' on the Police Commission. Gentlemen — — "

This garred a' the billies sit back in their seats, an' dicht their moos wi' their jeckit sleeves, an' host. Watty Finlay nearhand cowpit ower the bucket he was sittin' on; but he got his balance again, an' sayin', "Ay, man, " heich oot, he got a' richt sattled doon again.

"Gentlemen, " says Bandy, "the time for action draws at hand. Oor watter is no fit for ki drinking; an' there's fient a thing but watter in the weet dock. My heart bleeds when I go roond the shore an' see all the ships sailin' oot o' the herbir, an' no' a livin' sowl comin' in. Gentlemen, that herbir's growin' a gijantic white elephant. "

"An' so's the Watter Toor, an' the Lifeboat too, " roared Dauvid Kenawee.

"The toon's foo o' white elephants, a' colours, " said Moses Certricht. "The Toon Cooncil's made it juist like a wild beast show. "

"Hear, hear, " cried the whole lot; an' Stumpie Mertin, gettin' a little excited, roared "Order, " an' set them a' a-lauchin'.

"Gentlemen, " said Bandy again, "it's as plen's a pikestaff that a' oor municeepal affairs is clean gaen to the deevil a'thegither; an' I have much pleasure — — "

"Hear, hear, " said Watty Finlay, "he's the very man. " There was a bit lauch at this, an' Watty added, "I mean Sandy, of coorse — no' the deevil 'at Bandy was speakin' aboot. "

"I was genna say, " said Bandy, "when I was interrupit by the honourable gentleman — — "

"O, gie's a rest, " said Watty; an' Bandy had to begin again.

"I was genna say, " he said, "that we maun get a hand o' a puckle men o' abeelity an' straucht-forritness, an' I have much pleasure in proposin' a vote of thanks to oor worthy freend, Mester Bowden, for comin' forrit to abolish the Toon Cooncil o' every rissim o' imposeeshin, till taxation shall vanish into oblivion, an' be a thing o' the past. Mester Bowden is a man — — "

"Hear, hear, " says Watty again.

"Mester Bowden is a man that will never do onything — — "

"Hear, hear, " Watty stricks in again. He juist yatter-yattered awa' like a parrot a' the time.

"Onything below the belt, " proceeded Bandy. "Give him your votes, gentlemen. I can recommend him. Sandy — I mean Mester Bowden, will stick to his post like Cassybeeanka, or whatever they ca'd the billie that was brunt at the battle o' the Nile. He'll no' be like some o' them that, like Ralph the Rover,

> Sailed away,
> An' scoored the sea for mony a day.

Gentlemen, let everywan here do his very best to get every elektor to vote for Sandy, Mester Bowden, the pop'lar candidate. Up wi' him to the tap o' the poll! "

Bandy cam' doon wi' his tackety buit on the boddom o' the butter kit, an' in it gaed, an' him wi't, an' there he was, clappin' his hands, an' stanin' juist like's he'd on a wid crinoline. You never heard sic a roostin' an' roarin' an' hear-hearin' an' hurrain'! I had to shut my een for fear o' bein' knokit deaf a'thegither. Stumpie Mertin jumpit up as spruce as gin he had baith his legs, instead o' only ane, an' forgettin' whaur he was, he glowered a' roond the wa' an' says, "Whaur's the bell, lads? "

It was Sandy's turn noo; an' efter Dauvid Kenawee, auld Geordie Steel, an' Moses Certricht had gotten the chairman pu'd oot o' the butter kit, an' on to the boiler-heid again, Sandy raise ooten his seat wi' a look on his face like a nicht watchman. They a' swang their airms roond their heids, an' hurraed like onything, an' Sandy took lang breaths, an' lookit roond him as gin he was feard some o' them wud tak' him a peelik i' the lug.

When they quieted doon, Sandy gae a host, an' Watty Finlay said, "Hear, hear. "

"Fella elektors, " said Sandy, "let me thank you for your cordial reception. "

Sandy had haen that ready aforehand, for he said her aff juist like "Man's Chief End. " Syne he lifted his fit an' put it on the edge o' the sofa. He rested his elba on his knee, an' his chin on his hand, an' lookit quite at hame, like's he'd been accustomed addressin' meetin's a' his born days.

"I think oor worthy chairman spoke ower high aboot my abeelity, " said Sandy; "but as far as lies in my pooer, I will never budge from my post, but stand firm. " At this point, Sandy's fit slippit aff the edge o' the sofa, an' he cam' stoit doon an' gae Moses Certricht a daud i' the lug wi' the croon o' his heid, that sent Moses' heid rap up again' Dauvid Kenawee's.

"What i' the world are ye heavin' aboot that heid o' yours like that for? " said Dauvid, glowerin' like a wild cat at Moses: an' Bandy kickit his heels on the front o' the boiler, an' roared, "Order, gentlemen. Respeck the chair! "

I was juist away to cry — "Ye micht respeck my boiler, raither, an' no' kick holes i' the plester wi' thae muckle clunkers o' heels o' yours"; but I keepit it in.

Sandy got himsel' steadied up again, an' pulled doon his weyscot, syne gae his moo a dicht, an' buttoned his coat. I cud see fine that he was tryin' to keep up the English; but it wasna good enough. "I am no' a man o' learnin', " said Sandy. "I'm a wirkin' man, an' if I tak' up my heid wi' publik affairs, it's 'cause I've naething else ado, and it'll keep me oot o' langer. As oor respeckit chairman says, I'm no' like Ralph the Rover, sailin' awa' an' scoorin' the sea for mony a day. That looks like a pure weyst o' soap — juist like what goes on i' the Toon Cooncil daily-day. You may lauch, freends, but it's ower true; an' wha is't peys for't? "

"It's his! It's his, lads! " roared a' the billies i' the washin'-hoose.

"It is so, " said Sandy. "Oor Toon Cooncil's juist like this Ralph the Rover, gaen awa' scoorin' the sea for nae end — for the sea's no' needin' scoorin' — when he michta been at hame helpin' his wife to ca' the washin'-machine. It's usef'u' wark we want. Neen o' your Bailie Thingymabob's capers, wi' his donkey engines, eksettera. Echt thoosand pound for a noo kirkyaird! Did ye ever hear the like! What aboot the grand view you get? A puckle o' thae Cooncillors crack as gin they were genna pet bow-windas into a' the graves, to lat ye hae a grand view efter you was buried. Blethers o' nonsense! That's juist what I ca' scoorin' the sea like Ralph the Rover. "

By faigs, lads, Sandy garred me winder gin this time. Ye never heard hoo he laid it into them, steekin' his nivs an' layin' aboot him wi' his airms.

"Echt thoosand pound! " he roars again. "That's seven shillin's the heid — man, woman, and bairn i' the toon o' Arbroath. What d'ye think o' that? But that's no' a'. There's the toon's midden, too; that's needin' a look intil. "

"Hear, hear, " put in Watty as uswal; an' Bandy added, "It has muckle need, as my nose can tell ye. "

"What d'ye think o' a midden i' the very middle o' your toon? " Sandy gaed on. "I paws for an answer, " he said in a gravedigger's kind o' a voice. He crossed his legs ower ane anither, an' put ane o' his hands in ablo the tails o' his coat; an', gettin' akinda aff his balance, he gaed spung up again' Bandy Wobster. There was a crunch an' a splash, an' there was the chairman's bowd legs stickin' up oot o' the boiler, an' his face lookin' throo atween his taes, wi' a pair o' een like a wild cat. He was up to the neck amon' the claes I had steepin' for the morn's washin'. The nesty footer that he was, I cudda dune I kenna what till him.

"Ye great, big, clorty, tarry beast, " I roared in at the winda; "come oot amon' my claes this meenit, or I'll come in an' kin'le the fire, an' boil ye. " Sandy bloo oot the can'le; an' by a' the how-d'ye-does ever was heard tell o', you niver heard the marrow o' yon. Stumpie Mertin roared "Order! Feyre! " at the pitch o' his voice; an' the chairman was yowlin', "For ony sake, gie's a grip o' some o' your hands till I get oot o' this draw-wall, or I'm a deid man. "

I think he had gotten haud o' a shelf abune his heid, an' giein' himsel' a poo up; for there was a most terriple reeshel o' broken bottles, an' beef tins, an' roarin' an' swearin', you never heard the like.

"What i' the face o' the earth was ye doin' blawin' oot the can'le, Sandy? " said Dauvid Kenawee. "Hold on a meenit till I strik' a spunk, an' see wha's a' deid, " he says; an' wi' that he strak' a match an' lichtit the can'le. Bandy had gotten himsel' akinda warsled oot o' the boiler, but Stumpie Mertin had tnakit his wid leg ower by the ankle, an' there he was hawpin' aboot, gaen bobbin' up an' doon like a rabbit's tail, roarin' "Murder! "

"I think we'll better lave ower the rest o' the meetin' till anither nicht, " said Moses Certricht, "an' we can look into the toon's midden some ither time. "

"Juist tak' a look roond aboot ye, " says I, in at the winda, "an' ye'll see midden eneuch. Wha's genna clean up that mairter? I paws for a answer, " says I, in a voice as like Sandy's bural-society wey o' speakin' as I cud manish. "Speak aboot pettin' Sandy Bowden at the tap o' the poll. He'll be mair use at the end o' the bissam shaft, I'm thinkin'. "

"C'wey, you lads, " says Bandy. "I'm soakin' dreepin' throo an' throo, an' it's time I was oot o' this. "

"Hear, hear, " says Watty again; an' oot the entry they a' merched withoot a wird. If I'm no mista'en that'll be the end o' Sandy's Toon Cooncillin'; an' time till't, I think. The man's no' wyse to think aboot ony sic thing. Perfeckly ridic'lous!

My Man Sandy

Sandy an' me were oot the Sands enjoyin' a bit walk juist yesterday efternune, an' we were dreedfu' quiet. There didna appear to be onything to speak aboot ava. So I juist said in a kind o' jokey wey, "Ay, Sandy, an' hae ye seen the Ward Committee yet, laddie, aboot that Toon Cooncil bisness. "

As shure's ocht, he grew reed i' the face; but he got richt efter a whilie, an' he says, "We're genna be like the Skule Brod efter this, Bawbie. We'll hae oor meetin's in private, an' juist lat you an' the publik ken aboot bits o' things ya can mak' naething o'. D'ye see? If ye pet your nose in aboot ony bolies harkenin', you'll mibby get the wecht o' a bissam shaft on the end o't. That'll learn ye to slooch an' harken to ither fowk's bisness. "

"Keep me! " says I, I says. "Ye're terriple peppery the nicht, Sandy. Wha's been straikin' you against the hair, cratur? It wasna me that shuved Bandy i' the boiler; but he'd been neen the waur o' a bit steep, for he trails aboot a clorty-like sicht. Him speak aboot the watter supply! It's no' muckle he kens aboot the watter supply, or the soap supply ether. "

"Look here, Bawbie, " says Sandy, "if you're genna rag me ony mair aboot that, it's as fac's ocht, I'll rin awa' an' join the mileeshie. I wud raither be blawn into minch wi' an' echty-ton gun than stand ony mair o' your gab. "

"Tut, tut, Sandy, " says I, "keep on your dickie, man. Ye're no' needin' to get into a pavey like that. Keep me, fowk wud think ye was discussin' the auld kirk questin, the wey you're roarin'. The mileeshie wudna hae you at ony rate, an' we're no' juist dune wi' ye at hame yet. But neist time you're makin' a speech, Sandy, dinna try an' stand on ae leg. That's what put ye aff the straucht. Ye see — — "

I lookit roond, an' Sandy wasna there. When I turned, here's him fleein' in the Sands wi' his fingers in his lugs, like spring-heeled Jeck. I tell ye, that man winna heed a single wird I say till him.

XVI.

SANDY'S CHRISTMAS PRESENT.

Oh, wheesht! When Sandy's on for doin' something special, he nearhand aye mak's a gutter o't some wey or ither. On Setarday nicht he was gaen aboot hostin', an' spittin', an' sayin' ilky noo an' than, "Ay, Bawbie; it's a fine nicht the nicht. " He sweepit oot ahent the washin' soda barrel twa-three times; then he rowed up the tnock that ticht that she's never steered a meenit sin' syne. He took the hammer an' ca'd a' the coals fair into koom, an' then he redd up at the back shop till I cudna lay my hands on a single thing 'at I wantit. I saw fine there was something i' the wind; but, do my best, I cudna jaloose what it was.

He put on the shop shutters, an' syne screwed aff the gas at the meeter afore I got the bawbees oot o' the till, an' stack in, ye never saw the like. He was that anxious to gie me a hand that he hendered me near half an 'oor.

This gaed on a' Sabbath! He was three times at the kirk, an' he roostit an' sang till the bit lassies i' the very koir lookit aboot akinda feard like. But Sandy never jowed his jundie. He put in anither button o' his coat, an' stack in till the Auld Hunder like the Jook o' Wellinton at the battle o' Waterloo. The koir sang an anthem i' the efternune, an' Sandy sang anither at the same time, the rest o' the fowk harkenin' to the competition. Sandy gaed squawlin' an' squawkin' up an' doon amon' the quivers, an' through the middle o' what he ca'd the cruchits, juist like a young pairtrick amon' a pozel o' hag. Mistress Glendie, that sits at the tap o' oor seat, is a bit o' a singer, an' she put back her lugs an' skooled like a fountin' mule at Sandy, oot at the corner o' her specks; but Sandy never lut dab. His een, when he hadna his nose buried in his book, were awa' i' the roof o' the kirk, an' Mistress Glendie never got a squawk in ava, eksep when Sandy was swallowin' his spittal.

Gaen to the kirk at nicht was something to mind aboot. There wasna a lamp to be seen — an' sic roads! The very laddies frae the Sabbath Schule were gaen on the paidmint, whaur there were maist gutters, an' skowf kickin' them at ane anither. The middle o' the road cudna haud the can'le to the paidmints for glaur lest Sabbath. Sandy an' me gaed kloiterin' alang the Port, Sandy yatterin' ilky noo-an'-than —

78

My Man Sandy

"Keep on the plennies, 'oman. " He was keepin' his e'e on his feet that steady, that, afore I kent whaur I was, he had baith o's wammlin' aboot amon' the gutters doon the Dens. He'd taen the wrang side o' the dyke at the fit o' the High Road, an' awa' doon the brae instead o' up! We saw the muckle lamp up abune the brig juist like a lichthoose twenty mile awa'. Sandy was widin' aboot amon' the mud, an' his lorn shune liftin' wi' a noisy gluck, juist like a pump aff the fang.

"I think this is shurely the Sloch o' Dispond we've gotten intil, Bawbie, " says he.

"It looks liker the Wardmill Dam, " says I, I says; "but if I get oot o't livin', I'll lat the pileece hear o't. A gey Lichtin' Commitee we have, to hae fowk wammlin' aboot i' the mirk like this on their wey to the kirk! There's ower muckle keepin' fowk i' the dark a' roond, " says I, I says; "an' there maun be an end till't. It's a perfeck scandal. "

Juist at this meenit Sandy got grips o' the railin' o' the stair, an' him an' me got ane anither trailed up some wey or ither. Gin I got on the paidmint, I was slippin' here an' there like some lassie on the skeetchin' pond, till doon I skaikit, skloit on the braid o' my back, an' left my life-size engravin' i' the middle o' the road. Eh, it was a gude thing I didna hae on my best frock! I shiftit it at tea-time, for thae gutters mak' sic a dreedfu' mairter o' a body.

"It's a black, burnin' shame, " says Sandy, as he gaithered me up; "an' I howp some o' thae Lichtin' Commitee chappies 'ill get a dook amon' the gutters the nicht for this pliskie o' theirs. It's a fine nicht fort. Fowk peyin' nae end o' rates, an' a' the streets as dark as a cell — a sell it is, an' nae mistak'. Feech! I tell ye, what it is an' what it's no', Bawbie — — "

"Wheesht, Sandy, " says I. "Keep me, if ye go on rantin' like that, the fowk 'ill think ye've startit the street preachin'. Haud your lang tongue. I'm no' michty muckle the waur. "

Sandy took oot his tnife an' gae me a bit skrape; an' we landit at the kirk an' got a rale gude sermon aboot the birkie 'at belanged to Simaria an' fell on his road hame, an' so on. I wasna muckle the waur o't efter a' — o' the fa', I mean, of coorse, no' the sermon — an', when we got hame, I got aff my goon; an' tho' Sandy gae the Lichtin'

Commitee an' the gutter-raikers a gey haf-'oor's throo the mill, I didna think muckle mair aboot it.

But, as I was sayin', this was a' leadin' up to something. Sandy cudna sit still at nicht, an' he sang an' smokit till, atween bein' deaved an' scumfished, I was nearhand seek. Efter readin' oor chapter, I gaed awa' to my bed. I lookit up twa-three times an' saw Sandy sittin' afore the fire, twirlin' his thooms, an' gien a bit whistle noo an' than. Efter a while he put oot the gas, an' syne began to tak' aff his claes, an' wide aboot amon' the furniture as uswal. He got intil his bed efter a quarter o' an oor's miscellaneous scramblin', an' was sune snorin' like a dragoon.

When I got atower i' the mornin', what is there sittin' on my chair but a great muckle shortie in a braw box, wi' a Christmas caird on the tap o't. When I opened the box here's ane o' my stockin's lyin' on the tap o' a great big cake, juist like this: —

    To
  B. BOWDEN
    from a
    F IEND

I lookit anower at Sandy, an' here's him lyin' wi' a look on his face like's he was wantin' on the Parochial Buird.

"Eh, Sandy! What a man you are! " I says, says I; for, mind you, I was a richt proud woman on Munanday mornin'.

"It was Sandy Claws, 'oman, " says he, lauchin'. "He cudna get the box into your stockin', so he juist put your stockin' into the box. But it's juist sax an' half a dizzen, I suppose. "

I hude up the cake to the licht, an' read oot the braw white sugar letters — "'To B. Bowden from a Fiend. ' But wha's the fiend, Sandy? " says I, I says.

"Fiend! " roared Sandy, jumpin' ooten his bed. "Lat's see't. "

He glowered at the cake like's he was tryin' to mismerise somebody; an' then he says, "See a haud o' my troosers there, Bawbie. I'll go doon an' pet that baker through his mixin' machine. I'll lat him see what kind o' a fiend I am. I'll fiend him. "

"Hover a blink, Sandy, " says I. "Here's ane o' the letters stickin' to my stokin'. " Shure eneuch, here was a great big "R" stickin' to the ribs o' my stockin'; so I juist took a lickie glue an' stak her on the cake, an' made it read a' richt. Sandy was rale pleased when he saw me so big aboot my cake; an' he's been trailin' in aboot a' the neepers to see "the wife's cake, " as he ca's't. An' he stands wi' his thooms i' the oxter holes o' his weyscot, an' lauchs, an' says, "Tyuch; naething ava; no wirth speakin' aboot, " when I tell them hoo big I am aboot it.

She's genna be broken on Munanday — Nooeer's-day. If you're pasain' oor wey, look in an' get a crummie. I'll be richt gled to see you, I'm shure. A happy noo 'ear to you, when it comes — an' mony may ye see! Ah-hy! Gude-day wi' ye i' the noo than! Imphm! Gude-day. See an' gie's a cry in on Munanday, noo-na. Ta-ta!

XVII.

AT THE SELECT CHOIR'S CONCERT.

Sin' Friday nicht I've been gaen aboot wi' my hert an' moo fu' o' musik! Eh, hoo I did enjoy yon Gleeka Koir's singin'. I hinna heard onything like it for mony a day. D'ye ken, fine musik juist affeks me like a gude preechin' — an' waur whiles. I canna help frae thinkin' aboot it. The tune I've been hearin' 'ill come into my heid at a' times; an' here I'll be maybe croonin' awa' i' the shop to mysel' "Will ye no' come back again? " an' gien somebody mustard instead o' peysmeal, an', of coorse, it comes back again, an' a gey wey o' doin' wi't, an' nae mistak'.

But, eh, I enjoyed the Burns Club concert! Sandy an' me was doon at the hall on the back o' seven o'clock, an' we got set doon at the end o' ane o' the farrest-forrit sixpenny seats, an' got a lean on the back o' ane o' the shilliny anes. We was gey gled we gaed doon early, for the hall was foo juist in a clap; an' gin aucht o'clock, Sandy tells me, they were offerin' half-a-croon to get their lug to the keyhole. It was an awfu' crush.

There was a gey pompis-like carlie cam' an' tried to birz Sandy an' me up the seat; but Sandy sune made a job o' him.

"Have you a ticket? " says Sandy.

"Ay, have I, " says the carlie, curlin' up his lips gey snappish-like; "I have a three-shillin' ticket. "

"Ay, weel, awa' oot o' this, " says Sandy. "This is the sikey seats, an' we dinna want ony o' you chappies poachin' amon' his lads. If you've only a three-shilliny ticket, you'll awa' oot o' this, gey smert, " says Sandy; an' a lot o' the fowk backit him up, an' faigs, mind ye, the carlie had to crawl awa' forrit again, whaur he cam' frae. The cheek o' the cratur! Thocht, mind ye, he wud get crushed in amon' his sikey fowk wi' his three-shilliny ticket!

Whenever the singin' began ye wudda heard a preen fa'. "There was a lad was born in Kyle, " juist nearhand garred Sandy jump aff his seat. He cud hardly keep his feet still, an' he noddit his heid frae side to side, an' leuch, like's he was some noo-married king drivin' awa'

82

throo the streets o' London till his honeymune. Syne at "My luve she's like a reed, reed rose, " he smakit his lips, an' turned his een up to the ruif, an' lookit to me twa-three times like's he was genna tak' a dwam o' some kind. That used to be a favourite sang o' Pecker Donnit's when he precentit up at Dimbarrow. Eh, mony's the time I've heard him at it. Ye'll mind fine o' the Peeker? He bade ower i' yon cottar hoose, wast a bittie frae the Whin Inn. He had twa dochters, ye'll mind, an' a he-cat that killed whitterits wi' a blind e'e. Eh, ay; that's mony a lang day syne! But I'm awa' frae my story.

I cudna tell ye which o' the bits I likeit best. I juist sat nearhand a' nicht fairly entranced. I thocht yon twa kimmers that sang "The Banks an' Braes o' Bonnie Boon" did awfu' pritty. Raley, my hert was i' my moo twa-three times when they were at the bitties whaur they sang laich, juist like the sooch-soochin' o' the hairst wind i' the forenicht amon' the stocks. Sandy was sweengin' aboot in his seat, like's he was learnin' the velocipede, an' takin' a lang breath ilky noo-an'-than, an' sayin', "Imphm; ay, man; juist that. " He riffed when the lassies sat doon, till ye wud thocht he wudda haen his hands blistered; but I think he was gled o' onything to do, juist to lat him get himsel' gien vent.

When the koir startit to sing aboot Willie Wastle, Sandy nickered awa' like a noo-spain'd foal, an' aye when they cam' to the henmist line o' the verse he gae me a prog i' the ribs wi' his elba, as much as to say, "That's ane for you, Bawbie! " But I watched him, an' at the henmist verse, when they said terriple quick, "I wudna gie a button for her, " I juist edged alang a bittie, an' Sandy's elba missin', he juist exakly landit pargeddis in a fisherwife's lap that was sittin' ahent's. There was plenty o' lauchin' an' clappin' whaur we was, I can tell ye.

I likeit "Scots wha hae, " an' the "Macgregor's Gaitherin'. " I thocht yon was juist grand. When they were singin' "Scots wha hae, " Sandy glowered a' roond aboot him like's he wudda likeit to ken if onybody wantit a fecht. What a soond there was at the strong bits. The feint a ane o' me kens whaur yon men an' weemin' get a' yon soond. At some o' the lines o' the "Macgregor's Gaitherin'" it was like the wind thunderin' doon Glen Tanner, or the Rooshyan guns at Sebastypool. I cudna help frae notisin' hoo it garred a'body sit straucht up. When yon lassie was singin' sae bonnie, "John Anderson, my Jo, " a' the fowk's heids were hingin'; but at "Scots wha hae" they sat up like life gairds, and ilky body near me lookit like's   it   wudna   be   cannie   speakin'   to   them.

There was ae thing they sang that wasna on the programme that I thocht awfu' muckle o'. It was something aboot "Tramp! Tramp! Tramp! " Ane o' the lassies sang a bit hersel' here an' there, an' eh, what splendid it was. She gaed up an' doon amon' the notes juist like forkit lichtnin', an her voice rang oot as clear as a bell. It was raley something terriple pritty. When she feenished ye wudda thocht the fowk was genna ding doon the hoose. "Man, that raley snecks a' green thing; it fair cowps the cairt ower onything ever I heard, " says Sandy, gien his nose a dicht wi' the back o' his hand. "That dame has raley a grand pipe; ye wud winder whaur she fand room for a' the wind she maun need. " A foll curn fowk startit to the lauchin' when Sandy said this; but, faigs, mind ye, the lassie fairly astonished me.

When the votes o' thanks were gien oot, Sandy riffed an' rattled oot o' a' measure. I thocht ance or twice he wud be up to the pletform to say a wird or twa himsel', he was that excited. Syne when "Auld Lang Syne" was mentioned, he sprang till his feet, evened his gravat, pulled doon his weyscot, put a' the buttons intil his coat, an' swallowed a spittal. An' hoo he tootit an' sang! I thocht the precentor that was beatin' time lookit across at him twa-three times, he was roostin' an' roarin' at sic a rate. He sang at the pitch o' his voice —

    Shud auld acquantance be forgot,
        An' never brocht to mind,

an' syne gien me a great daud on the shuder wi' his elba, he says, "Sing quicker, Bawbie" —

For the days o' auld langsyne.

There was a fisher ahent's that strak' in wi' the chorus an' made an' awfu' gutter o't. He yalpit awa' a' on ae note, juist like's he was roarin' to somebody to lowse the penter; an' though Sandy keepit gaen, he was in a richt raise.

"That roarin' nowt's juist makin' a pure soss o't, " he says, when we finished. "Ye wud easy ken he had learned his singin' at the sea"; an' he glowered roond at him gey ill-natir'd like, an' says, "Haud your tung, ye roarin' cuif. " Syne he grippit the fisher's hand wi' ane o' his, an' mine wi' the ither, an' startit —

My Man Sandy

An' here's a hand, my trusty fraend, eksettera.

The fisher lookit gey dumfoondered like, an' never lut anither peek; but Sandy stack in like a larry-horse till the feenish, an' he cam' hame a' the road sayin', "Man, that's raley been a treat! "

It was that, an' nae mistak', an' as the chairman said, it'll be a memorable concert to mony a ane.

XVIII.

SANDY RUNS A RACE.

Weel, I'll tell ye what it is, an' what it's no' — I thocht the ither nicht that Sandy had gotten to the far end o' his ongaens. If ever a woman thocht she was genna hae to don her weeda's weeds, it was me. I never expeckit to see Sandy again, till he was brocht in on the police streetchin' buird. But I'll better begin my story at the beginnin'. What needs I care whuther fowk kens a' aboot it, or no'? I've been black affrontit that often, I dinna care a doaken noo what happens. I've dune my best to be a faithfu' wife; an' I'm shure I've trauchled awa' an' putten up wi' a man that ony ither woman wudda pushon'd twenty 'ear syne! But that's nether here nor there.

Weel, to get to my story. Aboot a week syne I was busy at the back door, hingin' oot some bits o' things, an', hearin' some din i' the back shop, I took a bit glint in at the winda. Fancy my surprise, when here's Sandy i' the middle o' the flure garrin' his airms an' legs flee like the shakers o' Robbie Smith's "deevil. "

"What i' the earth is he up till noo? " says I to mysel'. He stoppit efter a whilie, an' syne my lad quietly tnaks twa raw eggs on the edge o' a cup, an' doon his thrapple wi' them. He brook up the shalls into little bitties an' steered them in amon' the ase, so's I wudna see them. Atower to the middle o' the flure he comes again, an', stridin' his legs oot, he began to garr first the tae airm an' syne the tither gae whirlin' roond an' roond like the fly wheel o' an engine. It mindit me o' the schule laddies an' their bummers. Weel, than; I goes my wa's into the hoose.

"Ay, it's a fine thing an egg, Sandy, " says I; "especially twa. " I turned roond to the dresser-heid, no' to lat him see me lauchin' — for I cudna keep it in — an' pretendit to be lookin' for something.

"It is so, Bawbie, " says he; an' I noticed him i' the lookin'-gless pettin' his thoom till his nose. I whiskit roond aboot gey quick, an' he drappit his hands like lichtnin', an' began whistlin' "Tillygorm. "

"I've heard it said, " says I, "that a raw egg's gude for a yooky nose. "

86

"You're aye hearin' some blethers, " says he; "but there's Robbie Mershell i' the shop"; an' but he ran to sair him.

I kent fine there was something up, so I keepit my lugs an' een open, but it beat me to get at the boddom o't. Pottie Lawson, Bandy Wobster, an' Sandy have juist been thick an' three faud sin the Hielant games toornament, an' I kent fine there was some pliskie brooin' amon' them. They've hardly ever been oot o' the washin'- hoose, them an' twa-three mair. Great, muckle, hingin'-aboot, ill- faured scoonges, every ane o' them! I tell ye, Sandy hasna dune a hand's turn for the lest week, but haikit aboot wi' them, plesterin' aboot this thing an' that. Feech! If I was a man, as I'm a woman, I wud kick the whole box an' dice o' them oot the entry.

I gaed by the washin'-hoose door twa-three times, an' heard the spittin', an' the ochin' an' ayin', an' some bletherin' aboot sprentin', an' rubbin' doon, an' sic like; but I cud mak' nether heid nor tail o't. But, I can tell ye, baith heid an' tail o't cam' oot on Setarday nicht.

Sandy, as uswal, put on his goshores on Setarday efternune, an' awa' he gaed aboot five o'clock, an' I saw nae mair o' him till the lang legs o' him — — But you'll learn aboot that sune eneuch. It was a sicht, the first sicht I got o' him, I can tell you.

I was takin' a bit cuppie o' tea to mysel' aboot seven o'clock, for I had been terriple busy a' forenicht. Nathan was stanin' at the table as uswal, growk-growkin' awa' for a bit o' my tea biskit. "I dinna like growkin' bairns, " I says to Nathan, juist as I was genna gie him a bit piece an' some noo grozer jeel on't.

"I'm no' carin', " he says, blawin' his nose atween his finger an' his thoom, an' syne dichtin't wi' his bonnet. "I wasna growkin'; but at ony rate I'll no tell ye aboot Sandy. He said he wud gie me a letherin' if I was a clash-pie; but I was juist genna tell you, but I'll no' do't noo, " an' oot at the door he gaed. I cried on him to come back, but, yea wud!

I saw nae mair o' him for half an 'oor, when in he comes to the back shop wi' a bundle o' claes an' flang them i' the flure. "There's Sandy's claes, " says he. "I got them frae Bandy Wobster at the tap o' the street. He got them lyin' oot the Sands, an' he disna ken naething aboot Sandy. "

"O, Alick Bowden, " I says to mysel', says I; "I kent this would be the end o't some day! He's gane awa' dookin' an' gotten himsel' drooned. O, my puir man! I howp they'll get his body, or never anither bit o' fish will I eat! There's Mistress Mertin fand a galace button in a red-waur codlin's guts lest week; an' it's no' so very lang syne sin' Mistress Kenawee got fower bits o' skellie i' the crap o' a colomy. Puir Sandy! I winder hoo they'll do wi' the bural society bawbees? "

"Is Sandy deid, Bawbie? " says Nathan.

"Ay; I doot he's deid, Nathan, laddie, " says I.

"An' will you lat me get a ride on the dickie at the bural, Bawbie? " says Nathan, clawin' his heid throo a hole in his glengairy.

"Haud your tongue, laddie, " says I; "ye dinna ken what you're speakin' aboot. "

I gaithered up the claes. There was nae mistakin' them. They were Sandy's! The breeks pooches were foo o' nails an' strings, an' as muckle ither rubbish as you wudda gotten in Peattie Broon's, the pigman's, back shop. There was a lot o' fiddle rozit i' the weyscot, an' a box o' queer-lookin' ointment ca'd auntie stuff. But what strack me first was that his seamit an' his drawers werena there. "Cud he gane in dookin' wi' them on? " thocht I to mysel'. I cudna see throo't ava.

I gaed awa' to the shop door juist to look oot, an' I sees Pottie Lawson, Bandy Wobster, an' twa-three mair at the tap o' the street lauchin' like ony thing. I throo the key i' the door in a blink, an' up the street I goes. Pottie was juist in the middle o' a great hallach o' a lauch, when I grippit him by the collar. He swallowed the rest o' his lauch, I can tell you.

"What hae ye dune till my man, ye nesty, clorty, ill-lookin', mischeevious footer? " I says, giein' him a shak' that garred him turn up the white o' his een.

"Tak' your hand off me, you ill-tongued bissam, " saya he, "or I'll lay your feet fest for you. "

My Man Sandy

"Will you? " says I; an' I gae him a shuve that kowpit him heels-ower-heid ower the tap o' Gairner Winton's ae-wheeled barrow, that was sittin' ahent him. When he got himsel' gaithered oot amon' the peycods an' cabbitch, he was genna be at me, but Dauvid Kenawee stappit forrit, an' says he, "Saira ye richt, ye gude-for-naething snipe 'at ye are. Lift a hand till her, an' I'll ca' the chafts o' ye by ither. "

"What bisness hae you shuvin' your nose in? " says Pottie Lawson. "There was naebody middlin' wi' you. "

"Juist you keep your moo steekit, Pottie, " says Dauvid, "or I'll mibby be middlin' wi' you. You're a miserable pack o' vagues, a' the lot o' ye, to gae wa' an' tak' advantage o' an' auld man! Yah! Damish your skins, I cud thrash the whole pack o' ye. " He up wi' his niv an' took a hawp forrit. Pottie gaed apung ower the barrow again, an' sat doon on the tap o' the Gairner, wha was busy gaitherin' up his gudes.

"Come awa', Bawbie, " says Dauvid, takin' a haud o' my airm, "Sandy 'ill turn up yet. " So awa' we gaed, leavin' the fower or five o' them wammlin' awa' amon' the cabbitch, juist like what swine generally do when they get in amon' a gairner's stocks.

"Sandy's a fulish man, " said Dauvid, when we landit at the shop door.

"Ye micht as weel tell me that twice twa's fower, Dauvid, " says I. "Fulish is no' the wird for't. "

"There's been some haiverin' amon' them aboot rinnin'; an' Sandy, like an auld fule, had been bouncin' aboot what he could do, " gaed on Dauvid, withoot mindin' what I said. "Sandy's fair gyte aboot fitba' an' harryin' an' sic like ploys. Weel-a-weel, Pottie Lawson an' twa-three mair o' them got Sandy to mak' a wadger o' five bob that he wud rin three miles in twenty-five meenits oot the Sands, an' they tell me Sandy's been oot twa-three times trainin' himsel'. To mak' a lang story short — Bandy Wobster gae me the particulars — the race cam' aff the nicht. Sandy strippit juist doon at the second slippie on the Sands yonder. He keepit naething on but his inside sark, an' his drawers, an' a pair o' slippers, an' aff he set to rin ootby to the targets an' back. He wasna fower meenits awa' when the lot o' the dirty deevils — that I shud ca' them sic a name — gaithered up Sandy's claes an' cam' their wa's in the road, leavin' Sandy to get hame the

89

best wey he cud. Bandy Wobster gae the claes to Nathan at the tap o' the street, an' tell'd him he fand them on the Sands. "

"But whaur'll Sandy be? " says I.

"That's mair than I can tell, Bawbie; but I'll rin doon for the mistress, an' she'll look efter the shop till we gae oot the Sands an' see if we can fa' in wi' him, " said Dauvid.

Dauvid gaed awa' for Mistress Kenawee, an' I ran up the stair to the garret to throw on my bonnet, takin' Sandy's claes wi' me. Preserve's a', when I lookit into the garret, here's the skylicht open, an' twa lang, skranky legs, wi' a pair o' buggers at the end o' them, wammlin' aboot like twa rattlesnakes tryin' to get to the fluir. I drappit the claes, oot at the door, an' steekit it ahent me. I keekit in aneth the door, juist to see what wud happen. Sandy landit cloit doon on the flure, an' sat sweitin', an' pechin', an' ac'ually greetin'. What a picture he presentit! I cudna tell ye a' what he said. There were a lot o' wirds amon't that's no' i' the dictionar'; an' I can tell ye, if Pottie Lawson an' Bandy Wobster get the half o' what Sandy promised them, baith in this world an' the next, they'll no hae far to find for a sair place.

"Man, gin ye'd haen the brains o' a cock spug, " I heard him sayin' till himsel', "ye michta jaloosed they were to play ye some prank. You muckle, dozent gozlin', " he says; an' he took himsel' a skelp i' the side o' the heid wi' his open luif that near ca'd him on his back. In his stagger his feet tickled amon' his claes, an' he gaithered them up, an' lookit fair dumfoondered like. He put them a' on; an' gyne — what think you? Puir Sandy ac'ually sat doon an' claspit his hands, an' I heard him sayin', "I'm an awfu' eedeit, a pure provoke to a' 'at belangs me! but if I'm forgi'en this time, I'll try an' do better frae this day forrit. An' I'll gie Pottie Lawson a killin' that he'll no' forget in a hurry. He'll better waurro, if I get a haud o' him. I'll lat Bandy Wobster awa' wi't, 'cause he's no' near wyse, an' he's an' objeck a'ready. "

Juist at this meenit Mistress Kenawee cries up the stair, "Are you there, Bawbie? " an' I had to rin doon. I tell'd them Sandy was hame a' richt. Dauvid wantit to see him. But, na na! I keepit what I kent o' Sandy's story to mysel'; an', puir cratur, I was raley sorry for him. He gaed aboot a' Sabbath rale dementit like; an', i' the efternune, I cam' in upon him i' the back shop dancin' on the tap o' a seek o' caff, an' sayin', "Ye'll poach neen this winter, ye — — " an' so on.

Atween you an' me, it'll no' be a bawbee's-wirth o' stickin' plester that'll sair Pottie if Sandy gets his fingers ower him.

"Ay, you cam' in withoot chappin' on Setarday nicht, Sandy, " I says, says I, at brakfast time on Munanday mornin', 'cause I saw fine he wantit to speak aboot it.

"I'll do the chappin' when I get a grab o' Pottie Lawson, " says Sandy. "But I'll tell you this, Bawbie; when I was jookin' alang by the roppie, tryin' to get hame, it's as fac's ocht, I thocht twa-three times o' gaen plunk in amon' the water, an' makin' a feenish o't. I was that angry an' ashamed. But, man, I ran up throo the yairds, without onybody seein's, an' got in at the skylicht. I'll swag, Bawbie, I never was gledder than when I cam' cloit doon on my hurdies on the garret flure. But, as Rob Roy says, there's a day o' rekinin'; an', by faigs, there'll be some fowk 'ill get the stoor taen oot o' their jeckits when it comes roond, or my name's no Si Bowden! "

XIX.

SANDY REVENGED.

I was tellin' ye aboot Sandy's caper oot the Sands, when Bandy an' Pottie Lawson made sic a fule o' him. We'd never seen hint nor hair o' them here sin' syne; an' I'm shure they're a gude reddance. But wha shud turn up i' the washin'-hoose the ither nicht but Pottie! He'd gotten Dauvid Kenawee to speak to Sandy, an' gotten the thing sowdered up some wey or ither, an' there he was again, as brisk as a bee. But Sandy wasna that easy pacifeed. He didna say muckle, but I'll swag he gey Pottie a neg on Teysday nicht that he'll no forget in a hurry — nether will Mistress Mollison.

Mind ye, I didna think Sandy was so deep. It was a gey trick. Sandy was determined to pey aff Pottie in his ain coin, an' he had gotten Bandy Wobster to kollig wi' him to gie Lawson a richt fleg.

There was a big meetin' i' the washin'-hoose nae farrer gane than lest nicht; an' efter a fell while's crackin', Bandy startit to speak aboot mismirizin' an' phrenology, an' that kind o' thing. Bandy tell'd aboot some o' his exploits mismirizin' sailors, an' took on to show aff his po'ers on Sandy. Sandy was quite open to lat him try his hand; so Bandy says, "Has ony o' you lads a twa-shilliny bit? "

There was a gude deal o' hostin' an' heid-clawin' at this question, ilka lad lookin' at his neeper as muckle as to say, "I've naething but half-soverins i' the noo. "

"I can gi'e ye fowerpence o' coppers, if that's ony use to ye, " said Stumpie Mertin, shuvin' his airm up to the elba in his breeks pooch.

There was a burst o' lauchin' at this, an' Sandy says, pointin' wi' his thoom ower his shuder, "Less noise, you lads, for fear her nabs hears us. " He little thocht that her nabs — that was me, of coorse — was at the winda hearin' every wird. Thinks I, my carlie, her nabs 'ill lat you hear something the nicht that'll garr the lugs o' ye dirl.

There wasna a twa-shilliny bit to be gotten, so Bandy had to tak' the lid o' a sweetie-bottle an' mak' the best o't.

"Noo, Sandy, " says he, "juist grip that gey firm atween your finger an' your thoom, an' stare at it as hard's ye can. Nae winkin' or lookin' aboot; an', you lads, be quiet. Noo, lat's see ye! "

Sandy took the bottle lid, an' sat doon wi't in's hand, an' stared at it like's he was lookin' doon intil a draw-wall. A' the billies sat roond starin' at Sandy, an' Bandy maleengered aboot, playin' capers wi' his airms, an' dancin' like some daft man. Ye cudda tied the lot o' them wi' a string, they were that taen up wi' Bandy's capers. He gaed forrit efter a while an' pettin' his thooms on Sandy's heid, he says, in a coalman's kind o' a voice, "Sleep, sleep. "

"He's awa' wi't, " says Bandy, turnin' roond to the rest o' them. They were sittin' wi' their moos wide open, an' a great deal mair mismirized than Sandy, I thocht.

Bandy grippit Sandy by the shuders an' heized him up on his feet; an' there he stuid, wi' his een shut' an' his airms an' legs hingin' like's he was dreepin' o' water. Bandy shot up his heid an opened his een wi' his fingers, an' there was Sandy juist like Dominy Sampson i' the museum.

"Noo, " says Bandy, "we'll touch his lauchin' bump"; an' he gae Sandy a stob aboot the heid wi' his finger, an' Sandy set to the lauchin', ye never heard the like.

"Stop him, Bandy, " says Stumpie Mertin, gey excited, "or he'll lauch his henderend. "

"Peece, vile slave, or I'll dekappytate ye wi' my skittimir, " says Sandy, glowerin' at Stumpie.

"He thinks he's the Shaw o' Persha, " says Bandy, fingerin' awa' amon' Sandy's hair.

Here Sandy took to the greetin', an' grat something fearfu'.

"Bliss me, " says Dauvid Kenawee, "I never saw the like o' that. Is he ac'ually sleepin'? "

"As soond's a tap, " says Bandy, an' he touched Sandy again an' stoppit the greetin'. "Noo, we'll see what like a job he wud mak' o' a speech at a ward meetin', " continued Bandy; an' he gae Sandy a slap on the shuder an' says, "Noo, Mester Bowden, we're at a ward meetin', an' you're stanin' for the Cooncil. There's Pottie Lawson in the chair, an' it's your turn to speak noo. Lat's hear ye gie them a gude screed on the topiks of the day. "

Sandy gae a bit hauch, an' swallowed a spittal, an' stappin' forrit a bittie, began — "Mester Chairman — — " He gae Pottie a glower that nearhand knokit him aff the box he was sittin' on. "Mester Chairman, " says he, "we are gaithered thegither to meet wan anither as fella ratepayers. If you want a tip-top cooncillor, I'm your man. Regairdin' this noo kirkyaird bisness, I think it's ridic'lous to spend the toon's bawbees buyin' buryin' grund for fowk that's no' deid. Time eneuch to look oot for buryin' grund when fowk's deid. An' lat fowk bury themsel's, juist as they like. Lat them look oot for their ain grund, an' no' bather the ratepeyers lookin' oot grund for them. We'll hae to get oor brakfast frae the Toon Cooncil by an' by, an' it'll a' go on the rates, that's juist as fac's ocht. A' thing's on' the rates nooadays, frae births to burals. But I hear wan of my audience cry, 'What aboot the Auld Kirk? ' Weel, that's anither question. I think that the shuner the Auld Kirk's aff the pairis the better. We've plenty paupirs withoot it. If it canna do withoot parokial relief, lat it into the puirhoose. That's what they wud do wi' you an' me if we was needin' on the pairis. What d'ye think o' that? Then there's the toon's wall an' the herbir. Weel, there's no muckle in ony o' them. There's hardly ony watter i' the teen, an' there's naething but watter i' the tither. But mibby if there was a noo licence or twa doon aboot the shore, there micht be mair traffik i' the herbir. The trustees wud mibby need to chairge shore dues on lads 'at was landit on the kee noo-an'-than. They cud be shedild as live stock, altho' they were half-deid wi' drink an' droonin' thegither. An' noo a wird or twa aboot — — "

Bandy touched Sandy here, an' he stoppit, an' a' the lads clappit their hands.

Then Bandy gae Sandy a touch here an' there, an' ye never saw the like. He ate a penny can'le, an' drank half a bottle o' ink, an' I cudna tell ye a' what. The billies lookit as gin they were gettin' terrifeed at Sandy, when I noticed him gie Bandy a bit wink on the sly; an' I saw syne that Sandy was nae mair mismirized than I was.

"There's neen o' ye here 'at Sandy has ony ill-will at, " says Bandy; "we'll see what like his fechtin' bump wirks. " Wi' that he gae him a touch ahent the lug, an' Sandy was layin' aboot him in a wink. "Dinna touch him, or he'll mittal some o' ye, " says Bandy; an' the billies a' cleared awa' to the ither end o' the washin'-hoose.

A' o' a sudden Sandy grippit an' auld roosty hewk that was lyin' on the boiler, an' roarin', "Whaur's Pottie Lawson, an' I'll cut his wizand till him, " he made a flee at the door. You never saw sic a scramblin' an' fleein'. Stumpie Merlin dived in ablo the sofa, an' Dauvid Kenawee jumpit up on the boiler, an' aff wi' the lid for a shield. Pottie was gaen bang oot at the door when Sandy grippit him by the cuff o' the neck. But Pottie sprang oot o' the coat — it wasna ill to get ooten, puir chield — an' doon the yaird a' he cud flee, wi' Sandy at his tail, whirlin' the hewk roond his heid, an' skreechin' like the very mischief. Bandy an' a' the rest cam' fleein' efter Sandy. Pottie took the yaird dyke at ae loup, an' landit richt on Mistress Mollison's back, an' sent her bung into the middle o' a lot o' Jacob's ledder 'at she has growin' in her yaird. She gaed clean oot o' sicht, an' juist lay an' roared till her man cam' oot an' helpit her into the hoose.

"O, it's the deevil fleein' efter somebody, " she said. "An' he has an auld hewk in his hand, an' I saw the sparks o' feyre fleein' frae his tail. An' there's aboot sixteen hunder ither deevils at his heels. "

On floo Pottie yalpin' "Pileece, " "Murder, " "Help, " wi' Sandy at his tails, an' the ither half-dizzen followin' up, pechin' like cadgers' pownies. Pottie gaed clash into Stumpie Mertin's coal cellar, an' lockit the door i' the inside. Sandy kickit at the door, an' Pottie yalled like a wild cat. Sandy cam' awa' an' met the ither billies, an', stoppin' them, tell'd them he was nae mare mismirized than they were. "I wantit to gie Pottie a fleg, an' I think he's gotten't, " says he. "Him an' me's square noo. "

They gaed back to Stumpie's cellar, an' gin this time there were twenty laddies an' twa pileece roond the door.

"It's Pottie Lawson gane daft, " said the laddies to the pileece. "He's foamin' at the moo. "

Efter an awfu' wey o' doin' they got Pottie haled oot o' the cellar an' hame; an' it's my opinion he'll never be seen in oor washin'-hoose again; an' I'm shure I'll no' brak' my heart.

My Man Sandy

But aboot the can'le an' the ink — you mibby winder hoo Sandy manished to stamack them. I gaed in an' smelt the ink. It was sugarelly watter, an' the can'le had been cut oot o' a neep an' laid juist whaur it was handy.

Ye never heard sic lauchin' as there's been sin' the story eekit oot. Sandy's heid pillydakus amon' them a' noo, an' they think he's peyed aff Pottie wi' compound interest. It's made Pottie fearder than ever; they tell me he's been looking efter a job at the Freek bleechin, ', so as to get awa' oot o' the toon for a while.

XX.

SANDY'S APOLOGIA.

"Are ye there, Sandy? Sandy, are ye there? Sandy! I winder whaur that man'll be? He'll gae awa' an' leave the shop stanin' open to the street, as gin it were a byre, an' never think naething aboot it! Are ye there, Sandy? " I heard Bawbie sayin' in her bed the ither mornin'.

"Ay, I'm here, " says I. "What are ye yalp-yalpin' at? What d'ye want? I had throo to the cellar to rin for tatties to Mistress Hasties. What was ye wantin'? "

"See, look! Ye micht pet the pot on the fire there, an' warm that drappie pottit-hoach brue; an' ye'll tak' it alang to Mary Emslie, " said Bawbie. "Puir cratur, she's gotten her death o' cauld some wey or ither, an' I think she's smittit her bairnie; for when I was yont yesterday forenune, the puir little thingie was near closed a'thegither. Juist poor the brue into the flagon, Sandy, an' open the second lang drawer there, an' ye'll get some bits o' things rowed thegither, an' tak' them alang an' gie them to Mary. Turn the lookin'-gless roond this wey a bittie on the dresser there, an I'll notice in't if onybody comes into the shop, an' tell them to hover a blink till ye rin yont to Mary's. Rin noo, Sandy, an' speer at Mary if she has coals an' sticks, an' tell her to keep on a gude fire. Puir cratur! "

"Mary's a fell lot better the day, she thinks, Bawbie, " says I, when I cam' back; "an' she tell'd me the nurse had been in an' snoddit up her hoose till her, an' sortit the bairn. Puir cratur, she ac'ually grat when I gae her the bits o' things for the litlan; an' tell'd me to thank ye. She was terriple taen up when I said you wasna able to be up the day, an' howps ye'll be better gin the morn. "

"I think I'm better, but I'm awfu' licht i' the heid yet, " says Bawbie. "Ye micht get the pen an' ink, Sandy, an' send a scart or twa to thae prenter bodies. Juist say I've taen a kind o' a dwam, but that I'll likely be a' richt again in a day or twa. An' see an' watch your spellin'. Gin ony o' the wirds are like to beat ye, juist speer at me, an' I'll gie ye a hand wi' them. "

"A' richt than, Bawbie; I'll do that, " says I. "Noo, juist try an' get a sleep for a whilie, an' I'll go ben to the shop dask an' write a scrift for you. "

So noo when I have the chance, I'll better juist mention that Bawbie got terriple seek i' the forenicht yesterday, an' she hardly ever steekit an e'e a' lest nicht. An' nether did I, for that pairt o't, for she byochy-byochied awa' the feck o' the nicht, an' I cudna get fa'in' ower. But I didna say onything, for I doot I'm to blame, although I've never lutten dab that I jaloosed ony thing had happened.

Bawbie was juist gaen awa' to hae her efternune cup yesterday, an' I was chappin' oot the dottle o' my pipe on the corner o' the chumla, when it flaw oot an' gaed oot o' sicht some wey. I socht heich an' laich for't, but na, na; it wasna to be gotten. I thocht syne it had gane into the fire. But it's my opinion noo, it had fa'in' into Bawbie's teapot! She was sayin' ilky noo-an'-than, "That tea has a dispert queer taste, Sandy. What can be the maitter wi't? " I never took thocht; but when Bawbie fell seek, an' groo as white's a penny lafe, thinks I to mysel', "That's your dottle, Sandy Bowden! " But I never lut wink; for, keep me, if Bawbie had kent, I micht as weel gane awa' an' sleepit on the Sands for the next twa-three nichts. She's a gude-heartit buddy; but, man, she gets intil an awfu' pavey whiles, an' she's nether to hand nor to bind when she gets raised. But, for ony sake, dinna lat on I was sayin' onything.

Bawbie's an awfu' cratur to tell fowk aboot me an' my ongaens. Weel, there's a lot o' truth in what she says, I maun admit; altho' she mak's a heap o' din juist aboot twa-three kyowows, noo-an'-than. I dinna ken hoo it is ava', I canna help mysel' sometimes. Man, the daftest-like ideas tak' a haud o' me whiles — juist like a flesher grippin' a sheep by the horns — an', do what I like, I canna get oot o' their grips.

For instance, I was gaen up the brae juist the ither nicht, an' the kirk offisher was stanin' at the kirk door.

"Wud ye bide i' the kirk for ten meenits till I rin hame for a bissam shaft? " says he. "I've broken the ane I have. "

"Oo, ay, " says I; "I'll do that. "

Weel, man, I wasna twa meenits into the kirk when I windered what like it was for size aside Gayneld Park, an' I thocht I wud see if I cud rin fower times roond it in five meenits. I buttoned my coat, an' lookit the time, an' aff I set up ae passage, ower the pletform, doon the ither passage, throo the lobby, an' so on. I was juist aboot feenishin' when, gaen sweesh oot at ane o' the doors, I cam' clash up again' the minister, an' sent him spinnin' into the middle o' the lobby, an' the collection plate in his oxter.

"What in the name of common sense is the matter with you? " said he, gettin' up, an' shakin' the stoor aff his hat.

"Man, ye shud keep aff the coorse, " says I, forgettin' for the meenit whaur I was. "I was tryin' to brak' the record. "

"Break the record! " he says, in a most terrible fizz. "If it wasna for the laws of the country, I'd break your head. "

Man, the passion o' the sacket was raley veeshis. He ac'ually spat oot the wirds; an', faigs, I steekit baith my nivs an' keepit my e'e on him, for fear he micht lat dab at me.

Juist at that meenit the kirk offisher cam' in, an' the minister turned, an' gleyin' roond at me gey feared like, said something till him, an' I heard them crackin' aboot gettin' me hame in a cab. I saw in a wink what they were jaloosin'.

"Ye needna bather your heids ahoot a cab, " says I. "I'm wyser than the twa o' ye puttin' thegither; so keep on your dickies. Gude-nicht, " says I; an' doon the front staps I gaed, three at a time, an' hame.

The beathel cam' doon afore he gaed hame, an' speered what i' the world had happened.

"I was juist comin' oot at the kirk door, " says I, "when the minister cam' skelp up again' me. " I didna mention 'at I was rinnin'. "The cratur drappit i' the flure, " says I, "like's he'd been shot; an' then to crack aboot me bein' daft! Did ye ever hear the like? "

The kirk offisher gaed awa' hame, clawin' his heid, an' sayin' till himsel', "Weel, it raley snecks a' thing. There's some ane o' the three o's no' very soond i' the tap, shurely; an' whuther it's me or no', I raley canna mak' oot. "

But what I want to lat you see is that I do thae daft-like things sometimes, I dinna very weel ken hoo. I canna tell ye what wey it comes aboot. Is ony o' ye lads ever affekit like that? Man, I've seen me gaen to the kirk wi' Bawbie sometimes, dressed in my sirtoo an' my lum, an' my gloves an' pocket-hankie, an' a'thing juist as snod's a noo thripenny bit, an', a' o' a sudden, I wud hae to pet my tongue atween my teeth, an' grip my umberell like's I was wantin' to chock it, juist to keep mysel' frae tumblin' a fleepy or a catma i' the middle o' the road amon' a' the kirk fowk, him hat, sirtoo, an' a'thegither. What can ye mak' o' the like o that? It's my opinion sometimes that I was never meent to behave mysel'; an' yet I'm sensible o' doin' most terriple stewpid things of'en. It's a mystery to me, an' a dreefu' dwang to Bawbie. But what can ye do? You canna get medisin for that kind o' disease! As Bawbie says, I'll never behave till I'm killed; an' the fac' o' the maitter is, I'm no' very shure aboot mysel' even after that. I ken it's an awfu' job for Bawbie tholin' my ongaens; but, at the same time, if it wasna me, the neeper wives an her wudna hae onything to mak' a molligrant aboot ava. As the Bible says, we're fearfu' an' winderfu' made, an', I suppose, we maun juist mak' the best o't.

THE END.